U0448832

印度笔记

INDIA

葛宁 著

团结出版社

图书在版编目（CIP）数据

印度笔记 / 葛宁著 . -- 北京：团结出版社，
2024.2
　　ISBN 978-7-5234-0188-0

　　Ⅰ.①印… Ⅱ.①葛… Ⅲ.①散文集－中国－当代
Ⅳ.① I267

中国国家版本馆 CIP 数据核字（2023）第 093682 号

出　　版：团结出版社
　　　　　（北京市东城区东皇城根南街 84 号 邮编：100006）
电　　话：（010）65228880　65244790（出版社）
　　　　　（010）65238766　85113874　65133603（发行部）
　　　　　（010）65133603（邮购）
网　　址：http://www.tjpress.com
E-mail：zb65244790@vip.163.com
　　　　　tjcbsfxb@163.com（发行部邮购）
经　　销：全国新华书店
印　　装：三河市东方印刷有限公司

开　　本：170mm×240mm　16 开
印　　张：16
字　　数：208 千字
版　　次：2024 年 2 月　第 1 版
印　　次：2024 年 2 月　第 1 次印刷

书　　号：978-7-5234-0188-0
定　　价：76.00 元
　　　　　（版权所属，盗版必究）

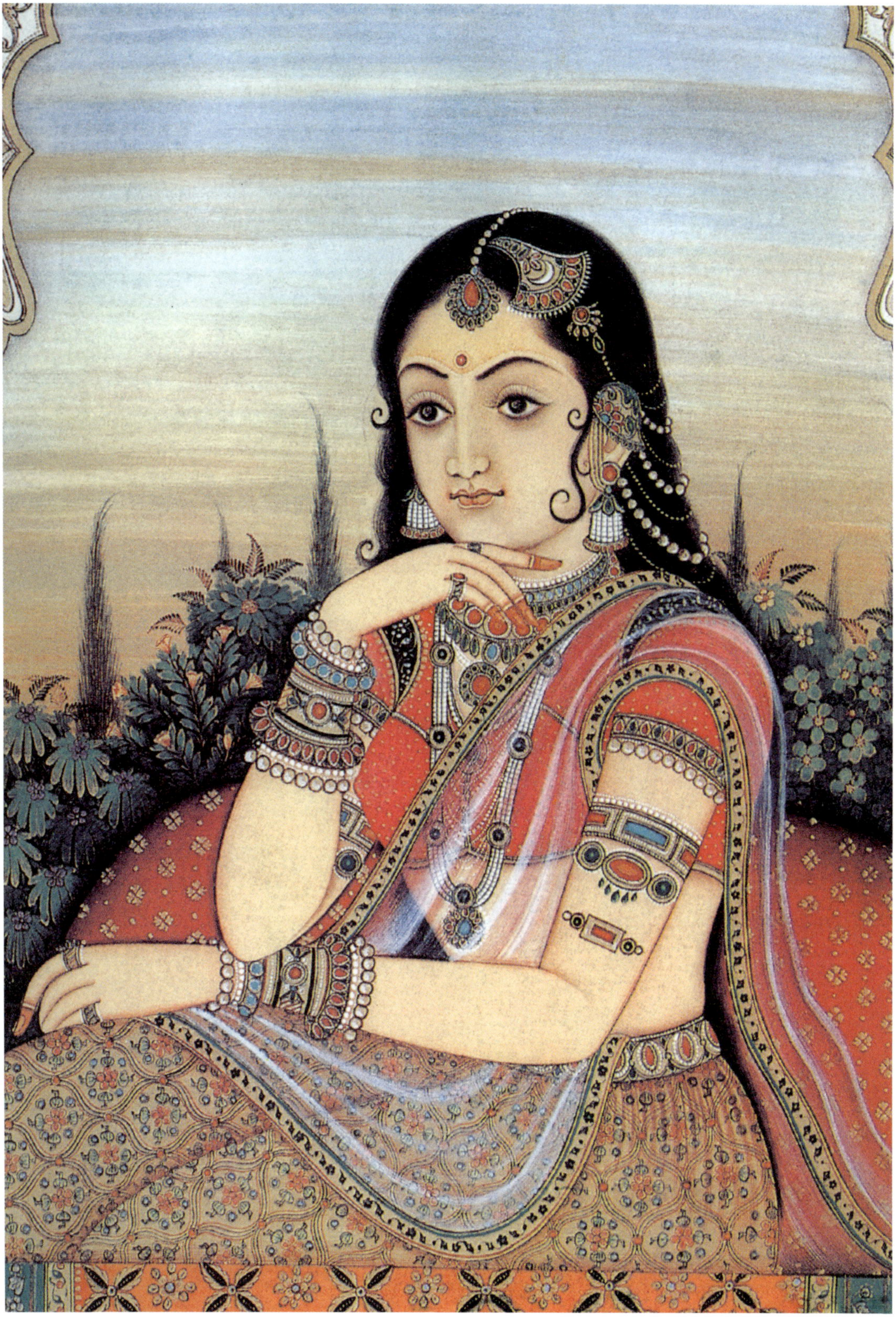

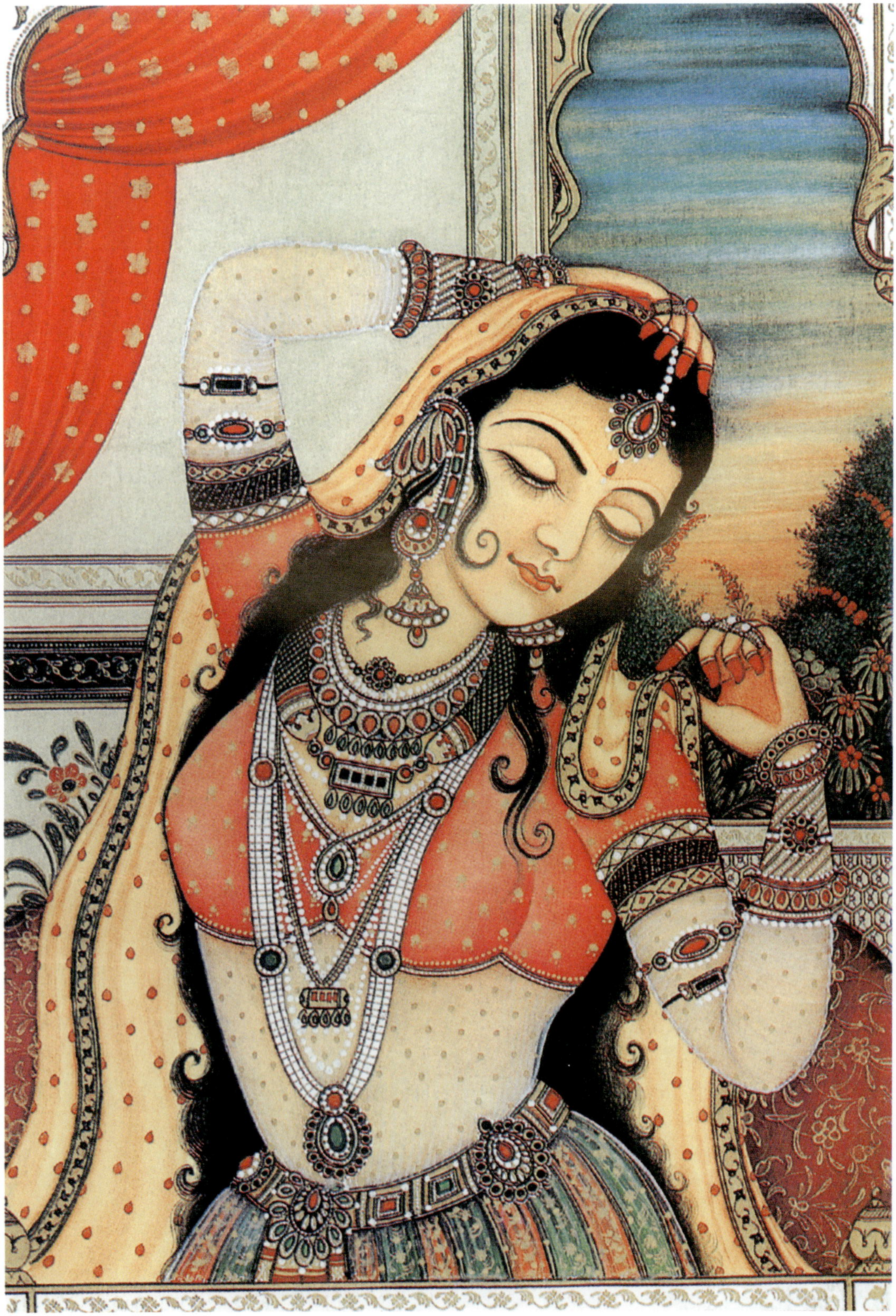

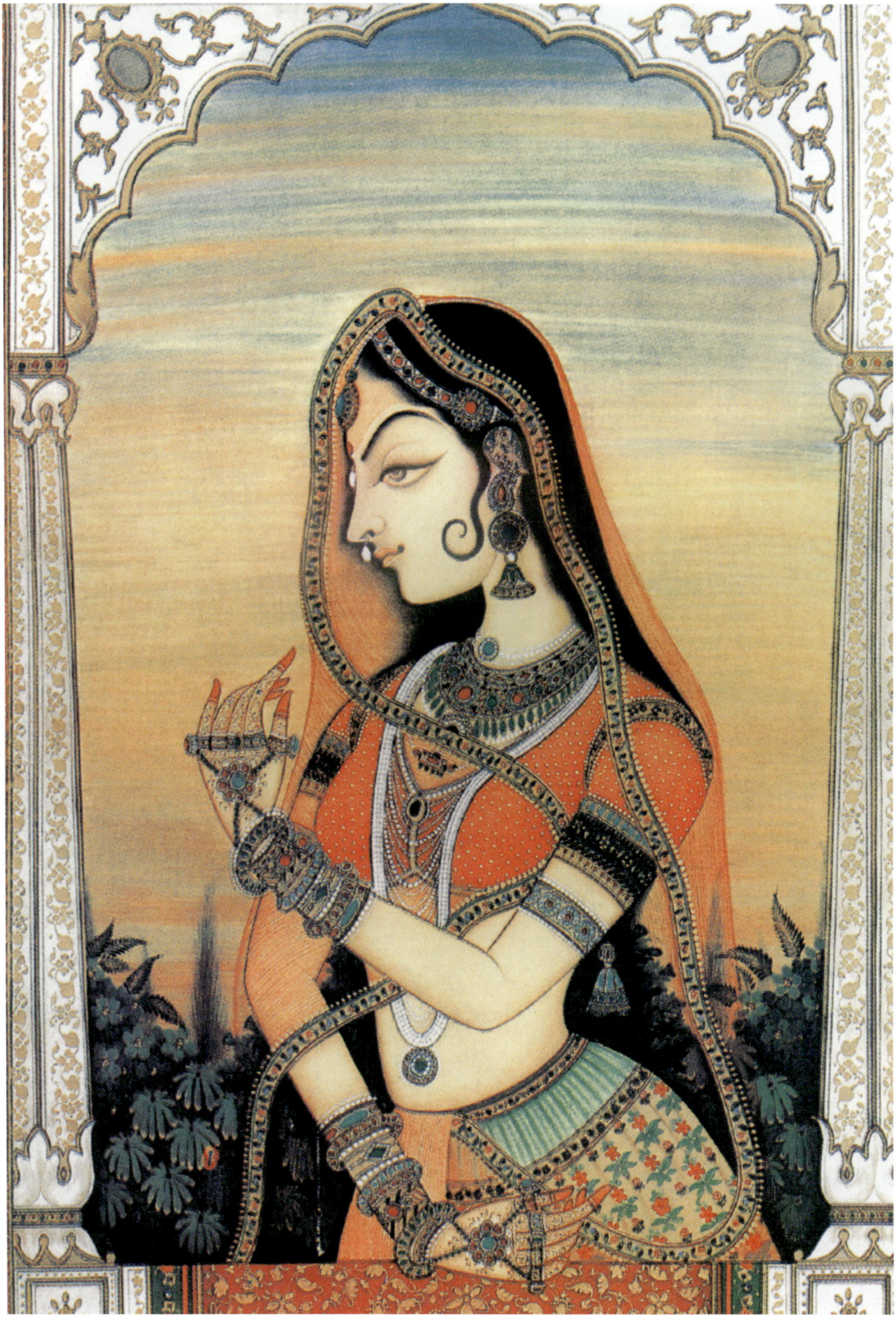

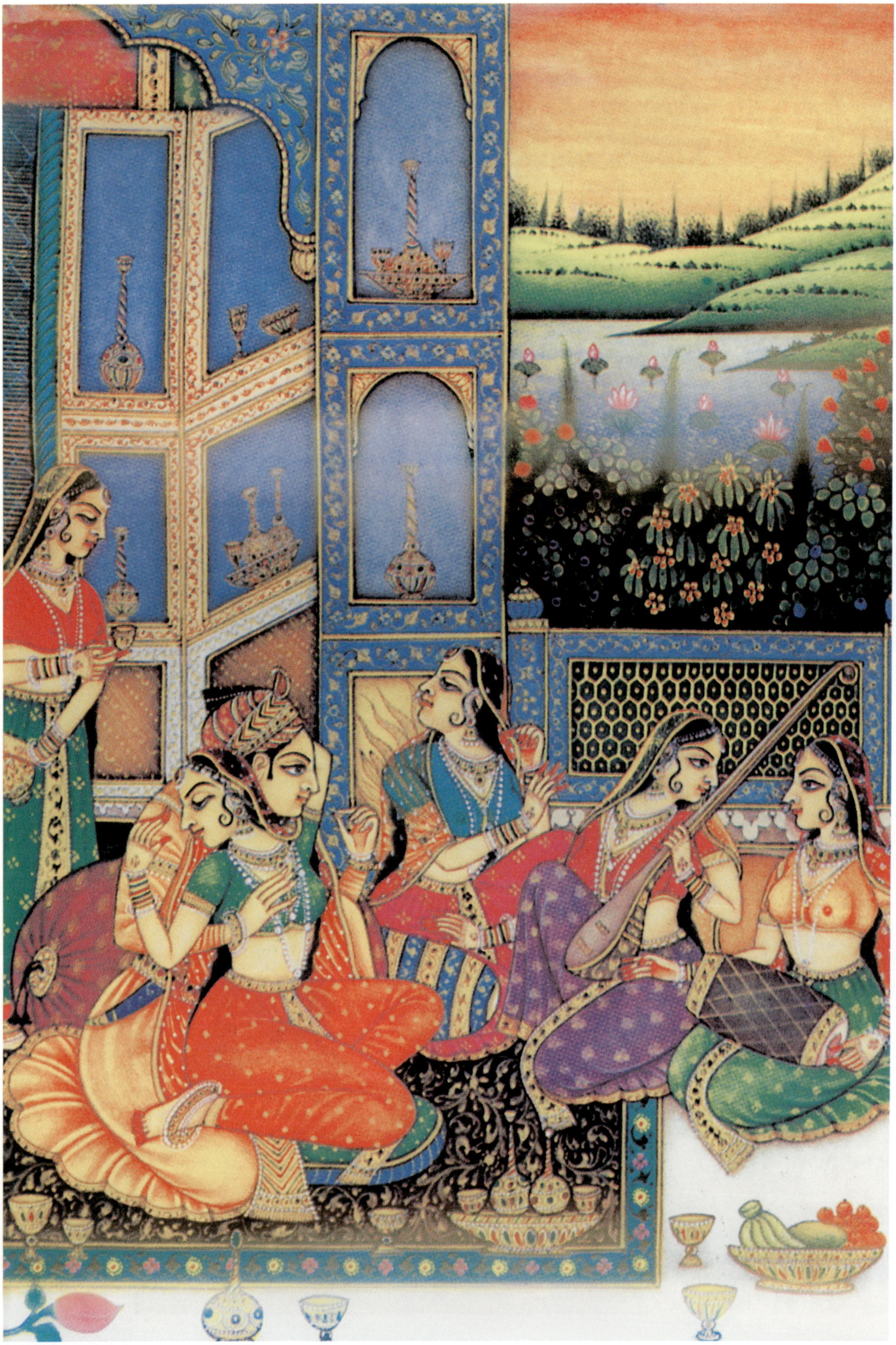

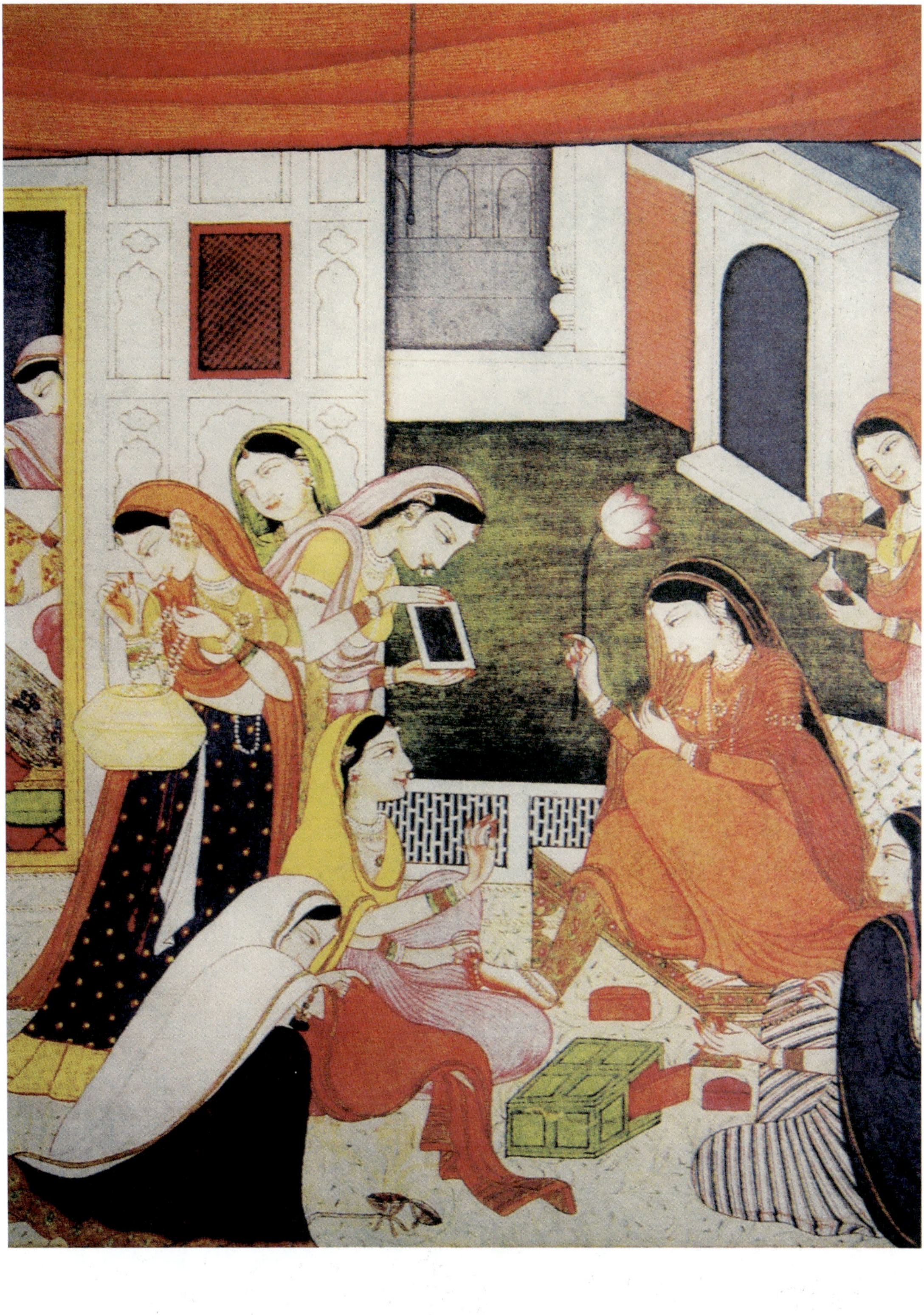

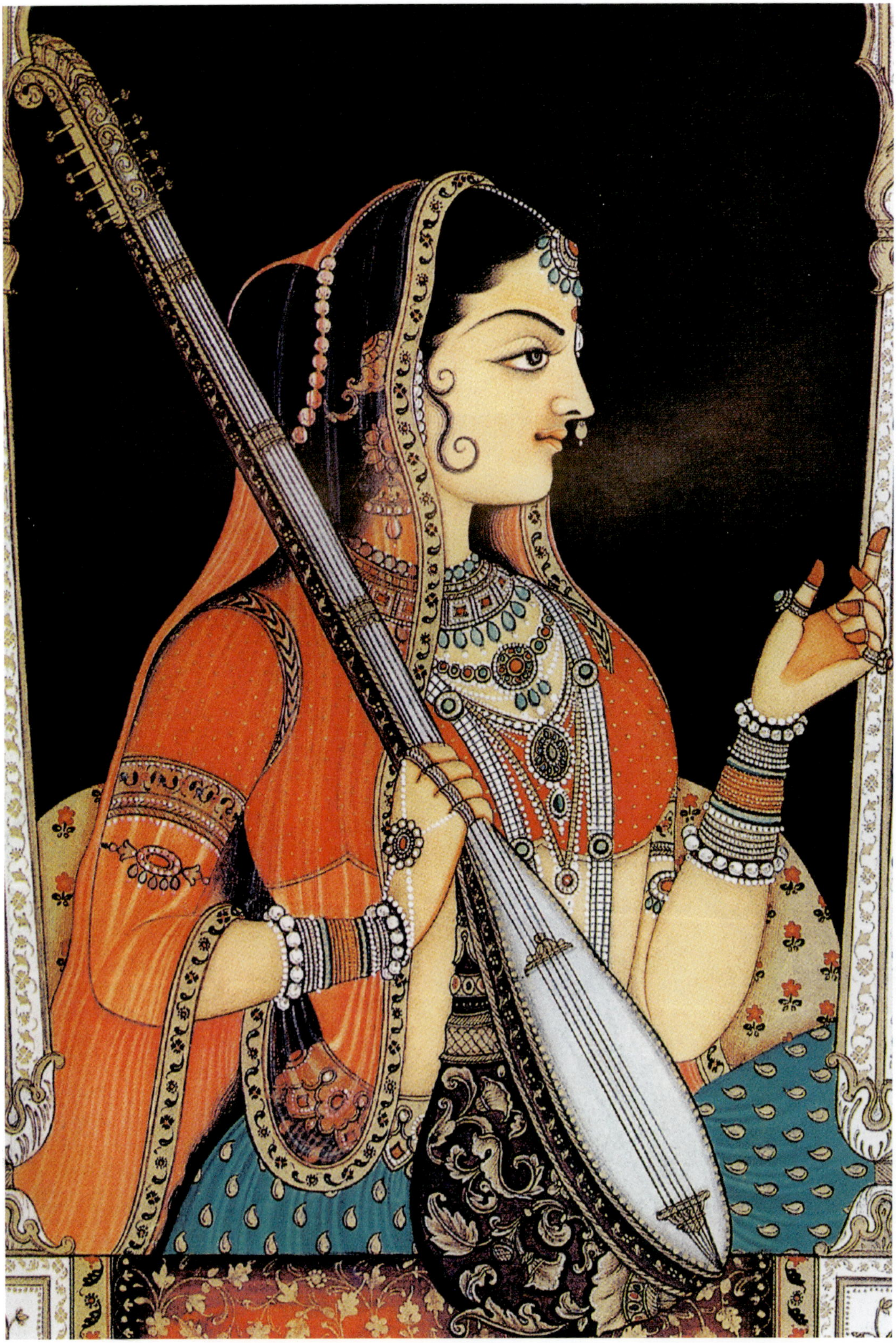

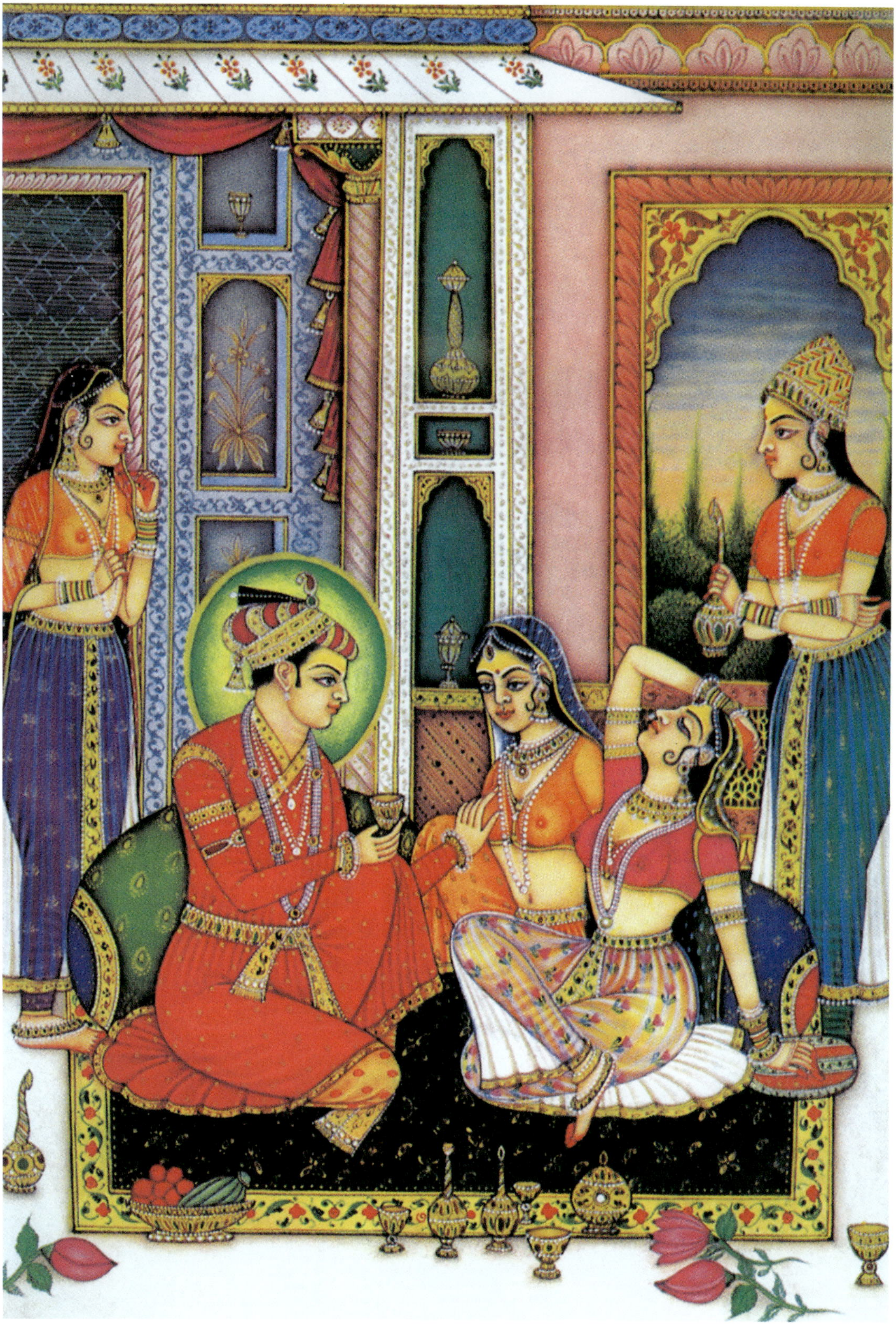

目 录 *Contents*

上编 古物

- 003　绝望泰姬陵
- 012　二游泰姬陵
- 020　请不要忽略阿格拉堡
- 031　阿克巴大帝的壮美胜利城
- 039　武士的粉红城市斋浦尔
- 048　老德里和月光市场
- 058　图格拉克城遐思
- 067　老堡和胡马雍陵
- 077　红堡随想
- 089　德里的库杜布塔
- 097　戈尔康达城堡印象
- 104　土邦与萨拉尔·琼博物馆
- 111　以性爱雕塑闻名的小镇卡久拉霍
- 117　鬼斧神工两石窟

	129	印度的潘查雅特制度
	135	大有可观的政府广告
	139	鲍斯传奇
	144	"中国农民是怎样种地的？"
	149	印共（马）是如何联系群众的？
下编　今事	161	八月的节日
	169	在印度乘火车
	177	昌迪加尔一路行
	185	寻佛散记
	199	恒河、杜尔迦节和印度教
	209	浮光掠影五名城
	218	热天的回忆
	225	瑜伽国里学瑜伽
	230	后记——果然世事几沧桑

上编

古 物

泰姬陵

绝望泰姬陵

终于有机会到阿格拉去看一看闻名已久的泰姬陵了。

我好兴奋,临行前的那个晚上一遍又一遍地复习了有关阿格拉与泰姬陵的资料。

人们常常会有这样的经历:在参观一处世人皆知的风景名胜之前,读过很多相关的基础资料和游记,看过很多美轮美奂的照片,甚至是电影、电视剧、纪录片,充满了到彼一游的期待。可是,当真有机会实现那个夙愿的时候,也许会有一些失望:因为,眼前的一切跟自己脑海里的完全不同,与其千辛万苦地跑这一趟,还不如让脑海里的那个美好想象永久存续下去。反正,我就有过很多次这样的经历。

那么,泰姬陵,会给我带来怎样的感受呢?

就让我省掉一路车行的见闻,直奔主题吧!

泰姬陵的大门,有点像一座大殿,光线有些黯淡。但是,进得门来的人,实在也顾不得探究这座大殿里到底有什么奥妙,因为,参观者的目光会自然地被眼前那一扇不太大的拱形门外的巨大白色建筑所吸引。眼前会一亮,心中会一惊:天哪,那就是泰姬陵?也许还会后退两步,于是又一惊:天哪,怎么人退后了,远处的泰姬陵反而变大了?

顾不得这个奇怪的视觉盛宴,你的脚会不听你的大脑指挥,自动地把你带出那道大门,把你带到那个"世界七大奇迹"之一的所在。

泰姬陵主体

  脚下，是一条长约百米的清澈透明的流水，顺着长长的方方的高高的低低的水池，一直通向尽头的那座宏伟的泰姬陵。流水左右，是对称的奇花异草、是红石铺成的人行道、是更大的花园。蓝天、白云、树木、行人，还有那座高大的陵墓倒映在长长方方的水池之中，让人觉得，这不是人间美景，这是天宫琼阁啊！

  关于泰姬陵本身，人们早已经耳熟能详了。它是莫卧儿帝国的君主沙杰汗为纪念其宠妃而建造的陵墓，被世人称作"伟大的爱情纪念碑"。它在建筑风格上体现了伊斯兰教与印度教的高度融合，在建筑材料上则极尽奢华，全部采用德干高原的洁白大理石，并辅之以玉、宝石、水晶、玛瑙和珊瑚。也正因此，泰姬陵在不同的时间和气象条件下会呈现出不同的迷人光芒。据说，最美是在旭日初升、夕阳西照和月圆时分。

参观泰姬陵，游客是必须脱鞋或者穿上鞋套的，纵是大理石的建筑，也经不起风吹雨淋，更经不起太多游客的摩挲踩踏。当光脚走上那大理石的宏伟建筑时，你的心里，也许早就忘记了这个举动原本是出于保护文物的意义，而是变成了一个仪式，一个向爱情顶礼膜拜的仪式。走到被初升的太阳刚刚晒得有些暖暖的大理石上，你的心里，或者也会流动着一股浓浓的爱意，你会对所有的人微笑，你会不自觉地放慢放轻你匆匆的、重重的脚步，生怕惊醒了那对沉睡在一起的伉俪。

通往泰姬陵的水池

泰姬陵外墙图案

泰姬陵外墙细节

　　这一切实在太美了，美得令人称绝。这是什么样的爱情啊，这是什么样的人才能享受得到的爱情啊！

　　走出寝宫，绕到它的后面，眼前是缓缓流淌的亚穆纳河。再抬眼远望，不远处的河岸边还铺陈着一座红色的大型建筑，那是阿格拉堡。虽然我还没有去过，但是书本已经告诉我，有那么一个地方，直觉也已经告诉我，那肯定就是阿格拉堡。我的心，那颗被这座建筑所感动的心，一下子变得沉重起来——泰姬陵、阿格拉堡，千千万万块大理石和红砂石下面，承载的是怎样的绝望啊！

阿格拉，是个地名，是印度历史上最后一个封建王朝莫卧儿帝国（1526～1857）的都城。莫卧儿帝国最杰出的皇帝之一——阿克巴大帝，在亚穆纳河畔的小山上，用了8年的时间，于1573年建成了现在被称为阿格拉城堡的古堡。古堡既是宫殿，也是城堡，城墙高20米，四周有护城河，全部用红砂岩建成，外形壮观。阿克巴大帝死后，其子萨利姆继位，称号是贾汉吉尔。1627年，贾汉吉尔去世，其子库拉姆继位，此前他被贾汉吉尔授予"沙杰汗"的称号，意为"世界无敌"。祖孙三代君王东征西讨，大大地扩展了莫卧儿帝国的版图。

1631年，沙杰汗最宠爱的妃子泰姬玛哈在随沙杰汗出巡途中，死于难产。临终之际，她向沙杰汗提出三个请求：好生抚养孩子，终身不再娶妻，为她建造一座美丽的陵墓。

强大的莫卧儿帝国及其可供支配的丰富资源，使沙杰汗能够大兴土木，实现宠妃生前的请求。他花费了国库价值450万英镑的钱财，在离阿格拉堡大约1.5公里的地方开始造墓，当年动工，每天用工两万余人，直到1653年才完工。

沙杰汗有四个儿子，每一个都被任命为掌握数省大权的总督，沙杰汗历时二十余载穷尽心力造墓，以致国库空虚，在自己逐渐年老多病之际，四子之间开始了你死我活的王位争夺战。最终，第三子奥朗则布胜出，四兄弟中的两个被他杀死，另一个战败而死。奥朗则布软禁了沙杰汗，并于1658年在德里称帝。

沙杰汗就被软禁在阿格拉堡中。在阿格拉堡临亚穆纳河的一侧，可以清清楚楚地看到泰姬陵！据说，当年的沙杰汗就经常默默地坐在城堡之上，遥望着不远处的泰姬陵，并最终寂寥地在阿格拉堡结束了一生。其后，奥朗则布将他与泰姬玛哈合葬于泰姬陵。

从泰姬陵出来，我们很快就来到了阿格拉堡。走在通往城堡靠河一侧的高处的路上，我的脑海就像在过电影：一个昔日叱咤风云的君主，风烛残年之际，被自己的儿子幽禁在自己的宫殿里，虽然衣食无忧，却

从泰姬陵远眺亚穆纳河上游不远处的阿格拉堡。

绝望泰姬陵

生不如死。每天，他的功课就是坐在城堡里的被囚之处，一语不发，眺望远方。他在想什么？

也许，他在想葬在不远处的泰姬，这令我想起了白居易的《长恨歌》。真的，我还真看到过把沙杰汗与泰姬的爱情跟唐玄宗与杨贵妃的爱情相比较的文字呢！沙杰汗也许会不断地回味那"云鬓花颜金步摇，芙蓉帐暖度春宵。春宵苦短日高起，从此君王不早朝"的日子，也许会感叹"迟迟钟鼓初长夜，耿耿星河欲曙天。鸳鸯瓦冷霜华重，翡翠衾寒谁与共"，也许会发誓"在天愿作比翼鸟，在地愿为连理枝。天长地久有时尽，此恨绵绵无绝期"。遥望着那泰姬陵洁白的刺入云端的圆形尖顶，"不思量，自难忘"，"尘满面，鬓如霜"，沙杰汗该是多么地绝望！

也许，他在想，以自己的王位和生命为代价，来建造这么一座陵墓，值得吗？我的脑海里马上又跳出那个本是一介风流书生、后来做了亡国奴的南唐后主李煜。沙杰汗曾经有过辉煌，他不是文人，他喜欢炫富，在他统治时期，莫卧儿帝国的建筑在数量上和艺术上都达到顶峰，德里的红堡、贾玛清真寺都出自他的手笔。他在造出了世界上最美的建筑的同时，也成了自己政治生命和自然生命的掘墓人。

"春花秋月何时了？往事知多少。小楼昨夜又东风，故国不堪回首月明中。雕栏玉砌应犹在，只是朱颜改。问君能有几多愁？恰似一江春水向东流。"望着缓缓流水，还有那可望而不可即的泰姬陵，沙杰汗该是多么地绝望！

也许，他终于想清楚了，人总是要死的，人一生中是有很多遗憾的，人不能什么都要占有。他曾经是莫卧儿帝国的君主，他曾经拥有一份最美好的爱情，他已经把这份从来都只属于精神和肉体的个人之间的私情变成了世人皆知的"写在云际的诗篇"。"前度刘郎，几许风流地，花也应悲。但茫茫暮霭，目断武陵溪，往事难追。""老朽行将就木，夫复何求？"沙杰汗绝望地注视着泰姬陵的同时，是不是也有些许欣慰？

人生不如意事常在，柳暗花明的事情也有。决绝地遥望着泰姬陵的沙杰汗最终还是同宠妃葬在了一起，应该是死而无憾了。

人，终究难逃一死，生死往往就在一线之间。生命本就是受苦和忍耐，所以，还是让我们在对生命必死的绝望之中，保存一些对生命的尊重和希望，保存一些对生命中必不可少的爱情的尊重和希望吧！

"人有悲欢离合，月有阴晴圆缺，此事古难全。但愿人长久，千里共婵娟。"

参观泰姬陵的游客合影

二游泰姬陵

泰姬陵门前，总是聚集着很多导游。在跟游客谈定服务关系之后，一分钟之前还锱铢必较的精明的导游立即从推销自己的商人变成了赞美泰姬陵的诗人。他们问游客的第一句话基本上都是："您是第几次来泰姬陵？"不管游客的回答是什么，他们接下来肯定会告诉游客一句印度的谚语，那就是："凡是来过泰姬陵的人，一生中肯定还会来第二次、第三次、无数次，因为，泰姬陵太美了。"

泰姬陵大门

泰姬陵南门

　　好像要印证导游的话似的，在第一次游览泰姬陵之后不到两个星期，我又站到了这座美丽的陵墓前。第一次的震撼还没有过去呢，我内心里暗暗地盼望着，能在这难得的第二次，比第一次更从容、更平和、更全面地欣赏泰姬陵之美。

　　这一次，我算是知道了泰姬陵前院的构造，也就是泰姬陵大门前的大院子，都是做什么的了。这是一个硕大的院子，坐南朝北，是泰姬陵的大门所在之处。主体高30米，对称结构，用红砂岩建成。顶部两侧各有一座八角亭，中间有两排各11个"皇冠"，也是穆斯林建筑的主要标志，表示泰姬陵共历时22年建成。大门的墙体用大理石装饰，有各种宝石镶嵌成美丽的花纹和优美的书法，据介绍，那是《古兰经》的经文。

　　院子基本上是呈方形的，大门四周有100多个房间，是当时的工匠们所住的地方。东、西、南三边都有门，其中的东、西两侧门现在分别是游客和贵宾的入口，南门据说是当时工匠们出入、运送材料等的通道。

泰姬陵的南门，旁边一个一个门洞是当时工匠们所住的房间。

  导游对前院的介绍喋喋不休，说在这个院子，还葬着沙杰汗的其他几个王妃……然而，边听边走之际，一步入大门，"历史"重演了，大门那一侧拱门外的那座美丽的白色建筑就像一块巨大的磁铁，一下子就把所有的人都拉了过去。我则强迫自己耐心地听一听关于我第一次游览泰姬陵时那个奇怪的视觉盛宴的解释，原来那果然是设计者巧妙运用建筑造型和光线的精心设计。

  二游泰姬陵，我已经有了思想准备，虽然还是震撼，但真的要镇静一些了，能更仔细地欣赏泰姬陵的其他细节了。

  泰姬陵主体高74米，建在一座约7米高的正方形大理石台基上。台基边长95米，总面积约9000平方米。台基的正中有一座优雅匀称的圆顶寝宫，顶部是一高耸饱满的穹顶，其直径达17米。寝宫的底部也是正方形的，边长57米，总面积3000多平方米。寝宫的四周有四座42米高的三层尖塔，塔身稍稍向外倾斜，导游说是呈五度角，为的是防止万一发生地震不幸倒塌后压坏寝宫。寝宫的内部呈八角形，内分五间墓室，墓室的壁上装饰着由五彩缤纷的宝石镶嵌而成的百合花、郁金香等植物图案。中间最大的墓室里，有一道精美的大理石围栏，上面雕刻着精美的花纹。据说，雕刻这道围栏的时间跟建造整座泰姬陵的时间一样长。围栏里有两具名贵的大理石石棺，上面更是布满了宝石和浮雕，但这是虚棺。在陵墓的下层，才是停放躯体的实棺。

泰姬陵寝宫四周的四座尖塔之一

在建筑上，泰姬陵最大的特点是对称，整个陵墓建筑群里，只有那两具大理石石棺的摆放是不对称的：泰姬玛哈的大理石石棺占据了对称的位置，而沙杰汗的大理石石棺则靠在了大理石围栏的边上。这是为什么呢？

1631年，泰姬玛哈去世，令沙杰汗悲痛欲绝。他把自己关在阿格拉堡的一个小黑屋子里整整两个半月，终于下定决心为最宠爱的妃子造出天底下最美丽的陵墓。他以近似现代的建筑招标方式，广邀当时世界各地的建筑名师献计献策，并最终选定了一位土耳其设计师的方案。而且，他的计划，不是只建这一座陵墓，他要在完成泰姬陵之后，在亚穆纳河的岸边、泰姬陵的正对面，再用黑色的大理石为自己建造一座同泰姬陵一模一样的陵墓。两座陵墓之间，还要再建一座银桥连接起来，好让他同爱妃生死相依。

1653年，在历时22年之后，泰姬陵完工了。但是，正当他做好准备，开始动工兴建自己的陵墓时，他的儿子们造反了。1658年，沙杰汗的第三个儿子奥朗则布废黜了父王，自己在德里称帝，并把沙杰汗幽禁在阿格拉堡。1666年，沙杰汗在阿格拉堡郁郁而终。死前，他通

①泰姬陵外墙。白色大理石上镌刻着各式花朵，周围彩色的装饰花纹全部由名贵的宝石拼成。
②泰姬陵外墙。白色大理石上镌刻的花朵细节。

二 游泰姬陵

①②泰姬陵的外墙局部

过守护在身边的女儿向奥朗则布提出了一个要求，那就是同泰姬玛哈葬在一起。奥朗则布答应了父亲的要求。但是，泰姬陵的一切太完美了，他没有勇气挪动那里面的任何一样东西，他只好把父亲的大理石石棺放在了那个地方。

不过，这个小小的不对称，一点也没有影响泰姬陵的美。因为它发生在建筑的内部，最最核心的地方，从外面是看不出来的。而在我看来，正是这个小小的细节，使泰姬陵在美轮美奂的外形之后有了厚重的、真实的历史感，使那个传诵了几百年的爱情故事带上了封建王朝的血腥味，更加凄美，更加惊心动魄。

泰姬陵的两侧，还有两座建筑，一虚一实，但是这一次，还是没有从最初的震撼中完全清醒过来，我还没有看够看透泰姬陵本身呢！

导游不是说，凡是到过泰姬陵的人，一定会再去第二次、第三次、无数次吗？我相信，我还有机会再去。

二 游泰姬陵

泰姬陵西侧的清真寺

请不要忽略阿格拉堡

印度北部从每年的 4 月开始就大热了,德里每天的最高气温都在 35 摄氏度以上。而位于德里东南 200 公里处的阿格拉,每天的最高气温通常比德里还要高 2 摄氏度。如果行走在公路上或是在正午的阳光下,温度计常常可以测到 50 摄氏度以上的高温。

凡是国内来的客人,只要有时间,都会乘车去阿格拉古城,因为那里有"世界七大奇迹"之一的泰姬陵。虽然不是很远,但由于路况不是很好,如果在早晨 7 点之前出发的话,小车、单程,需要 4 个多小时。7 点之后,道路就很难走了,多长时间能到泰姬陵,谁也说不准。

设想一下吧,在这样的高温条件下,当人们花费 4 个多小时到达泰姬陵的时候,恐怕已经口干舌燥,心情也变得烦躁起来了。然而,所有这一切,在看到泰姬陵的一刹那间,都变得微不足道了,甚至使泰姬陵变得更美。

结束了也许是一生中唯一的一次泰姬陵之行,可能、甚至是一步一回头地离开那座美丽的陵墓,心中还在不断地回味着,慢慢地,阳光、酷热、干渴、大汗,重新占据了参观者的思想:心满意足了,累惨了,渴坏了,哪里也不想再去了。

这样的情形,我已经碰到过很多次了。每当这个时候,我总是会劝远道而来的客人:来一趟不容易,请不要忽略阿格拉堡,你一定要去看看阿格拉堡;不远,它离泰姬陵只有 1.5 公里。

阿格拉，是印度的古城，莫卧儿帝国的第一代皇帝巴布尔打进印度后，派他的儿子胡马雍率军进攻阿格拉，自己则在先占领德里之后，继续向阿格拉挺进。刚刚占领阿格拉的时候，巴布尔甚至都没有想好是不是要在印度待下去。但他后来改变了主意，下决心留在阿格拉，在整个

阿格拉堡正面外景，其内、外两层高低不同的城墙清晰可辨。

印度建立起莫卧儿人的帝国。巴布尔生命的最后四年是在阿格拉度过的，尽管他仍然征战不已，但他还是做了一些基本建设。巴布尔的都城阿格拉长 2 英里，宽 0.5 英里，其中最出名、也是巴布尔最热衷建造的是一座位于亚穆纳河东岸的花园。

巴布尔死后，他的儿子胡马雍继位。胡马雍的际遇两起两落，在收复了德里、阿格拉城仅 6 个月之后，就意外地死在自己位于德里老堡的图书馆里。

胡马雍的儿子阿克巴 1556 年继位，1558 年才第一次到达阿格拉城。那一年，他 16 岁，到他继位十周年的时候，1566 年，莫卧儿帝国已经变得国力强盛、文化繁荣，到处大兴土木了。阿克巴这时才最后下定决心，把都城定在阿格拉，并且开始了建设城堡的浩大工程，他甚至以自己的名字重新命名了阿格拉：阿克巴拉巴德（Akbarabad）。花费了七八年的时间，阿克巴终于在 1573 年建成了集宫殿和城堡于一体的阿格拉堡。

可是，就在阿格拉堡开工不久，阿克巴为了求子、以后又为了得子还愿，又开始了建造胜利城的浩大工程，并一度把都城设在了那里。直到 1586 年之后，他又彻底回到了阿格拉堡。也许，在那十几年里，阿克巴是两头跑吧！

阿克巴那唯一的宝贝儿子贾汉吉尔皇帝、他的孙子沙杰汗皇帝，都继承了阿克巴喜好宏大建筑的个性，甚至那个篡位囚父、开历史倒车的奥朗则布皇帝，都陆续在阿格拉堡里新建了一些宫殿，使阿格拉堡成为名副其实的"建筑博物馆"。如果说，看到泰姬陵，人们会惊艳，因为它展现了一种极致的阴柔的秀美，那么，游览阿格拉堡，人们则会发现，那是刚性的壮美，其观赏性与泰姬陵有异曲同工之妙，错过了，实在可惜。

从泰姬陵到阿格拉堡，乘车只要 5 分钟。还没有到阿格拉堡的门前，游人远远地就可以看到阿格拉堡高高的外城墙了。据介绍，阿格

从远处看阿格拉堡外城墙

拉堡全部用红砂岩建成，有内外两层城墙，外墙高达 40 英尺，内墙更是高达 70 英尺。内外墙之间、外墙的外面，都围绕着一条护城河。现在，外墙外面的护城河已经变成了公路，而内外墙之间的护城河依然保存着。莫卧儿帝国的鼎盛时期，内外两条护城河里，养满了凶猛的鳄鱼和乌龟，外敌是很难逾越的。在阿格拉堡内部，最多的时候一共有 500 多座建筑，但随着莫卧儿帝国的没落、殖民主义者的多次入侵，现存的建筑已经不多了。

阿格拉堡的外城墙一角

最初，阿格拉堡一共有四个门，但是现今只有两个门还在使用，而对游客来说，每次都走同一个门——阿玛·辛格门（Amar Singh Gate）。这座门，位于阿格拉堡的最南端，是沙杰汗在1644年的时候为了纪念拉杰普特的一位大英雄阿玛·辛格·拉索雷（Amar Singh Rathore）而建的。相传，当年臣属莫卧儿帝国的拉杰普特小王国的大君，也就是这位大英雄阿玛·辛格·拉索雷，与莫卧儿帝国的大司库在沙杰汗面前发生了争执，大司库当面羞辱了这位大英雄。是可忍，孰不可忍。大英雄毫不示弱，当场拧断了大司库的脖子。这一下，可是激怒了帝国的军队，至少是在场的皇帝卫队，他们群起而攻之。此时，愤怒的大英雄阿玛·辛格·拉索雷毫无惧色，他冲出宫殿，跨上宝马，跃上高高的城墙，毫不犹豫地跳了下去。他忠诚的宝马一半身体落在了护城河里，一半身体落在了马路上，但即便如此，也没能挽救主人的性命，主仆双双当场毙命。

从阿克巴大帝的时代开始，外来的信仰伊斯兰教的莫卧儿帝国，为了统治整个印度，对信仰印度教的王公们特别是其中最骁勇善战的拉杰普特王公们实行了安抚怀柔的政策，把他们吸收到统治阶级的阵营中来。大英雄阿玛·辛格·拉索雷"士可杀而不可辱"的气概不知是感动了沙杰汗，还是为了巩固其统治的需要，总之，沙杰汗建造了阿格拉堡的南门，并以大英雄的名字命名。

一走进阿玛·辛格门，就可以看见右边有一座全部由红砂岩建成的宫殿，这就是贾汉吉尔宫（Jahangir Mahal），也是阿格拉堡中现存的最重要的宫殿。这是阿克巴大帝因为他的儿子贾汉吉尔出生而特意为其印度教妻子、贾汉吉尔的生母朱达·拜伊建造的宫殿。走进宫门，可以发现，贾汉吉尔宫就像一座变形的北京四合院，四面都是两层楼，红砂岩上的雕饰极其精美，而且基本上是拉杰普特风格的。这座宫殿的西面是一所私人的印度教寺庙，北面是一间聊天谈话的大客厅，南面是一间巨大的起居室，东面的楼房不知道是做什么用的，但却通向一个巨大的

阿玛·辛格门

① 贾汉吉尔宫外景
② 贾汉吉尔宫内景一角
③ 贾汉吉尔宫红砂岩上精雕细刻的细节

露台。抬眼望去，就是亚穆纳河，再远处，就是泰姬陵了。不过，贾汉吉尔宫里的印度教寺庙已经被奥朗则布拆毁了。

从露台向左，穿过一道门，迎面是一个大花园，又叫"葡萄园"，是阿克巴大帝为他的皇后和嫔妃们所建的，据说，葡萄园的土取自克什米尔。葡萄园的正前方，是阿格拉堡内又一组宫殿群，一个更大的"四合院"，大名是"私人谒见宫"。这是沙杰汗皇帝修建的，全部采用白色的大理石和无数的半宝石，其建筑和装饰风格跟泰姬陵非常相似，宫殿的另一侧面对亚穆纳河，从而保证了高度的私密性。其中，正中间的

请不要忽略阿格拉堡

葡萄园一角

从葡萄园看私人谒见宫

从正面看私人谒见宫，莫卧儿建筑风格中的对称在这里已有充分体现。正中间是宝殿，南北两侧是闺阁。

027

①②阿格拉堡内景一角

是最尊贵的宝殿（Khas Mahal）。它曾经是沙杰汗的起居室和卧室，里面挂满了莫卧儿帝国历代统治者的画像。据说，皇帝就是在这里跟最亲密的大臣讨论最秘密的事情的，里面还有过一个孔雀宝座呢！宝殿的南北两头各有一座美丽的金顶覆盖的"闺阁"，南面住着沙杰汗最钟爱的大女儿贾汗阿拉（Jahan Ara），北面住着沙杰汗的另一个女儿罗姗阿拉（Roshan Ara）。葡萄园的另外三面，都是两层的楼房，大概都是阿克巴大帝三千后宫的居室吧，相比起宝殿来，实在是非常简朴。

沿着宝殿再向里走，就到了茉莉亭，又叫八角塔，这是奥朗则布囚禁沙杰汗的地方，也是阿格拉堡最令人心碎的所在。这座宫殿，最早是贾汉吉尔为他的皇后所建的，沙杰汗又为他的皇后蒙泰姬改建过，它完全由白色的大理石建成，内嵌大量的彩色半宝石，有些半宝石拼成了茉莉花的图案。就是在这里，沙杰汗度过了人生的最后八年。从这里看泰姬陵，角度绝佳，特别是在漆黑的夜晚，不远处的泰姬陵就像闪烁的月亮。前面说到的贾汗阿拉陪伴着父亲走过了漫长的八年时间，沙杰汗在贾汗阿拉的胳膊上咽下了最后一口气。而罗姗阿拉，则成了奥朗则布的好帮手。茉莉亭不大，保存得还很好，因为它被拦了起来，游客在狭小的空间里想用普通相机拍下它的全貌比较困难。

从茉莉亭绕出来，迎面又看到了一座更大、视野更开阔的宫殿，叫公共谒见宫，正好跟私人谒见宫相对。最初，阿克巴大帝用红砂岩建造而成，沙杰汗则以他自己最喜欢的白色大理石、宝石半宝石镶嵌工艺重新"装修"了祖父的杰作，使之更加金碧辉煌了。

　　游人走到这里，基本上就算看完了阿格拉堡的精华。事实上，阿格拉堡的很大一部分，据说还被军队占用着，目前正在慢慢地退出。还有一小部分正在维修，以后会陆续对游客开放。随着印度经济的发展、旅游业的兴盛，这个过程也许会加快，阿格拉堡也许会更快地向世人展示出它全部的美。

　　所以，我总是在期待着下一次。

从阿格拉堡远眺泰姬陵

胜利城大门

阿克巴大帝的壮美胜利城

关于莫卧儿帝国，真是说不尽啊！莫卧儿人实际是来自中亚的察合台突厥人，莫卧儿帝国是印度历史上的最后一个封建王朝，也是一个穆斯林王朝，其开创者巴布尔（Babur）的父亲是帖木尔的第四世孙，母亲是成吉思汗的第十三代后裔。他们之所以被称为莫卧儿人，是因为他们有蒙古人的血统，而波斯语和阿拉伯语"蒙古"一词的变音就是"莫卧儿"了。

莫卧儿帝国最重要的皇帝，也是印度历史上最伟大的皇帝之一，就是其第三代皇帝阿克巴，全名贾拉乌德丁·穆罕默德·阿克巴（Jalauddin Mohammad Akbar），也被史家称为"阿克巴大帝"。为了纪念他，现在的新德里有一条大街就被称为"阿克巴路"，印度国大党总部就在阿克巴路 24 号。

胜利城大门

这位阿克巴大帝，真是充满了传奇色彩。他出生于1542年，14岁时，也就是在1556年，因为父王胡马雍（Humayun）意外亡故而即位，1560年18岁时亲政。这个过程，像极了我国清朝康熙皇帝从即位到亲政的经历。

不知道阿克巴是不是真的自幼就雄才大略，但他即位后，特别是在亲政后，虽然受到多方掣肘，仍然致力于领土扩张。到1576年的时候，阿克巴基本完成了对北印度的控制，到1600年，他又先后兼并了喀布尔、克什米尔、信德和俾路支等地。与此同时，阿克巴还进行了全面的改革，建立了一套独特的穆斯林统治体制。

阿克巴确立了王权至上的半世俗政体。莫卧儿帝国的前两位皇帝均把王权摆在高于一切的地位，不接受伊斯兰法至上的原则，而阿克巴更进一步，将解释伊斯兰法的最高权力抓到自己手中，使自己不但成为国家的领袖，而且成了宗教的最高权威。这就为他打破宗教陈规和保守势力的阻挠，创立新制开辟了道路。

阿克巴实施了强有力的中央集权制。阿克巴吸取了德里苏丹国地方割据的教训，在中央，加强君主集权，最高权力全部由自己掌握，大臣在权力上相互牵制。在地方，统一全国行政区划，全国设15个省，由省督管理，地位仅次于省督的省税务长官不由省督管辖而由中央财政大臣直接管辖。省下设县，县以下设税区。农村管理由村长和潘查雅特负责。

阿克巴创设了曼沙布制度。这是一种军事制度，也是一种官僚制度，实际上是一种等级制度。莫卧儿帝国制定了统一的军事等级，全国共66级。按级别定薪俸，按薪俸拨给相应的土地作为军事采邑，供养相应数量的骑兵部队（包括人员和马匹）为国家征战。曼沙布制度还把帝国的官员分成33级，以此作为地位和俸禄高低的标志。

阿克巴强化了柴明达尔制。这是一种集当时所有的土地关系之大成的封建土地所有制，在国王保持土地的最高所有权的框架下，形成了多层的封建占有，包括印度教王公、中小封建主以及一些不同宗教的寺庙的封地。实施柴明达尔制之后，土地的封建占有关系普遍化了，绝大部分农民变成了受封建剥削的佃农。

阿克巴实行了联合印度教封建贵族的政策。作为一个穆斯林皇帝，阿克巴对印度教的封建贵族采取了征服、怀柔和联合的政策，吸收其加入莫卧儿王朝统治集团，并且重用他们。到了其统治的后期，在朝廷重臣和地方高官中，出现了很多的印度教徒，从而大大地巩固了政权的统治基础。

阿克巴推行了宗教平等政策。取消对印度教教徒征收的香客税和对非穆斯林居民征收的人头税，是阿克巴在宗教政策改革方面最得人心的政策，开辟了伊斯兰教和印度教两大宗教及其他教派平等共存的可能性，也减轻了人民的负担。他经常邀请各宗教派别的著名学者自由讨论宗教和其他方面的问题，允许各教派建立寺院、自由传教、举行各种庆典，政府职务向所有人开放，在重要的伊斯兰教和印度教节日，宫廷举行同样隆重的庆祝活动。阿克巴还同印度教的陋习进行了斗争，明令禁止寡妇殉夫、杀婴、童婚、近亲婚配和嫁妆等，他甚至还在1582年创立了一个新组织"神圣信仰"，力图把伊斯兰教、印度教、佛教、耆那教、袄教、基督教融为一体。

除此之外，阿克巴还采取了许多措施，促进经济和社会文化发展。他的政策获得了包括印度教教徒在内的印度广大百姓的支持，并被其后的贾汉吉尔和沙杰汗所继承，推动了印度的社会发展和进步，造就了莫卧儿帝国最辉煌的时期。阿克巴因此被认为是孔雀王朝阿育王之后最杰出的君主，被后人尊称为"阿克巴大帝"。

那么，众人一定以为这位"阿克巴大帝"跟康熙皇帝一样，是文武全才吧。可令人震惊的是，伟大的阿克巴，竟然是个大字不识一箩筐的"准文盲"。

伟大的阿克巴大帝还有一个不能免俗的地方，就是他妻妾成群，他也相信"不孝有三,无后为大"。为了彻底体现自己的宗教平等政策,阿克巴一共娶了三位正宫皇后:一位来自果阿,信奉天主教;一位来自土耳其,信奉伊斯兰教;一位来自拉贾斯坦,信奉印度教。另外,阿克巴还有300多个嫔妃。可是,所有这些"后宫娘娘",都没有给阿克巴生下一男半丁。他难过极了,一心就想着有个儿子,做梦都想。于是,好事的谋士们给他出了一个主意,让他到离都城阿格拉37公里之外的一个叫西格里(Sikri)的村子去祈求一位神人。这位神人是苏菲派的圣人谢克·萨利姆·奇斯蒂(Sufi Saint Sheikh Salim Chisti)。

其时,阿克巴刚刚征服了古杰拉特,正陶醉在自己的又一次胜利当中。为了显示自己求神求子之心的真诚迫切,阿克巴光着脚,步行到了圣人居住的西格里村,祈求圣人给他和他的印度教妻子、皇后朱达·拜伊一个儿子。据说,圣人真就赐福于他了。而且,为了赐福于他,圣人把自己六个月大的儿子献给了神,其子的灵魂在阿克巴妻子的子宫里得到了重生。1569年10月30日,朱达·拜伊生下了阿克巴唯一的儿子,也就是贾汉吉尔,建造泰姬陵的沙杰汗的父亲。阿克巴欣喜若狂,他决定不再回阿格拉了,把都城移到圣人居住的地方。儿子出生的当年,阿克巴就下令开始建造新的都城和王宫。他把西格里村当成了自己的福地,把新建的王宫命名为法塔普尔·西格里(Fatehpur Sikri),意思就是"胜利城"。

①胜利城内阿克巴穆斯林妻子寝宫里精美的墙雕
②胜利城内阿克巴印度教妻子寝宫顶部的彩绘

胜利城内的皇家水中戏台

胜利城内的皇家学校所有地。阿克巴的后代在这里接受了最初的教育。

印度笔记

①胜利城内的私人谒见宫。从外表上看，这是一座两层建筑。但是走进去后会发现，里面只有一层，矗立在正中间的顶梁柱雕刻得极其精美。
②胜利城内的五层亭。每一层的高度都低于一般人的高度，因此刺客在这里根本施展不开拳脚。最高的一层也是观景亭。其圆形的顶端是伊斯兰建筑风格。人在其中，坐观风景，整个城池及周边环境尽收眼底。
③胜利城一角

阿克巴为圣人修建的陵墓外墙

　　从 1575 年到 1586 年，强大的莫卧儿王朝的中枢神经就在胜利城。

　　但是圣人也是人，圣人也是要死的，圣人死后，为了纪念他，阿克巴在胜利城的旁边用白色的大理石为圣人修建了一座巨大的清真寺。然而，没有圣人的胜利城终究使阿克巴寂寥不已，据说，圣人临终前曾经劝告阿克巴把都城搬回阿格拉去，因为胜利城一直以来都面临着一个无法解决的困难：缺水。所以，到 1586 年，阿克巴最终离开了胜利城，回到阿格拉继续他的统治。

　　胜利城是一座外形壮观、内部建筑精美的古堡。其外墙的高度为 15 米左右，总长度达到 6 公里，全部为红砂岩建筑。其内部，融伊斯兰教、印度教和佛教的建筑艺术于一体，其精美与泰姬陵有异曲同工之妙，同样令人叹为观止。1986 年，胜利城被列入世界遗产名录。关于胜利城的壮美，其实是很难用语言表述的。

印度笔记

①白色的大理石建筑就是圣人安息的地方。据说，在这里许愿是非常灵验的。办法是，先买一根红黄相间的许愿绳，系在内室的窗棂上，边系边许下心愿。等到愿望实现了，再到这里来，解下那根绳子即可。
②阿克巴为圣人修建的陵墓内不知名的棺椁
③阿克巴为圣人修建陵墓内的清真寺

武士的粉红城市斋浦尔

斋浦尔，是印度拉贾斯坦邦的首府，在首都新德里西南方，相距250公里。德里、斋浦尔和泰姬陵所在的阿格拉构成了印度北方旅游的"金三角"。

斋浦尔之所以名闻遐迩，令人难忘，是因为它还有一个大大的名头：粉红城（Pink City）。这座由骁勇善战的拉杰普特人于18世纪建成的城市，是粉红色的。准确地说，这座城市所有面向大街的建筑物的墙面都是粉红色的，宫殿的主色调也是粉红色的。拉杰普特人，是武士，是战士、长剑、盔甲，是硬邦邦的顶天立地的男子汉；粉红色，是二八少女，是青春、温柔、浪漫，甚至还是一点点性和暧昧。两者怎么想似乎都风马牛不相及，但是在斋浦尔，偏偏就是"武士尽带粉红甲"。

话说很久以前，拉贾斯坦（Rajasthan）的名字不是这个，而是叫拉杰普塔那（Rajputana）。在那个地方，有很多拉杰普特人（Rajput）的小王朝。拉杰普特人最大的特点就是能征善战，会打仗，各个小王朝之间战争不断，谁都想吃掉谁，可谁也吃不掉谁。为了保住自己的小朝廷，各个小王朝的皇帝们还热衷于修建城堡。其中，最著名也最坚固的，是占据斋浦尔的卡契瓦斯家族（Kachwas）依山势修建的琥珀堡（AmberFort）。

拉杰普特人长年混战，琥珀堡于1708年落入了贾伊·辛格大君（Maharaja Sawai Jai Singh）的手中，他一面东征西讨，一面向莫卧儿帝国俯首称臣，小朝廷统治的疆域不断扩大，琥珀堡渐渐地不能满足他的需要了。于是，他决定建立一个新的都城。1727年，在离琥珀堡11公里处，贾伊·辛格大君为他的新城奠基。这座新城，就是以他的名字命名的斋浦尔（Jaipur）。

顺便说一下，这位贾伊·辛格大君名字中的封号萨瓦伊（Sawai），是莫卧儿帝国的皇帝奥朗则布赐给他的，意思是：一个半人。贾伊·辛格大君也确实当得起这个封号，他有雄才大略，不仅是一位舞刀弄剑的武士、征服者，还是一位具有诗人般气质的改革家。在印度教深入人心的拉杰普特人中，他明令禁止寡妇自焚殉夫、童婚等陋习。在他的亲自策划下，一批地理学家、建筑师甚至是雕塑家构成了他的城市规划团队，使斋浦尔成为规划合理的、也许是印度历史上最早的一座城市。全城三面环山，呈长方形，按功能分成六个区。道路横平竖直，全部直角相交，并且建有完善的水储备系统。因为贾伊·辛格大君非常清楚，对于位于拉贾斯坦大沙漠边缘的斋浦尔来说，水是至关重要的。

斋浦尔城，实际上是一座武士建成的城市。那么，粉红城又出自何方呢？当初，贾伊·辛格大君新建的斋浦尔城，确实不是粉红色的。但是，武士的心里很不服气。不服气谁呢？不服气正在走下坡路的莫卧儿王朝。其时，英国殖民者已经开始在印度的统治了，莫卧儿王朝虽然日薄西山，但是一座座辉煌的大型建筑仍然刺着贾伊·辛格大君的眼。莫卧儿王朝的建筑外墙多用粉红色的红砂岩，阿格拉堡、胜利城、红堡皆如此。贾伊·辛格大君没有足够的力量全部采用红砂岩来建造自己的新都城，只好把全城都涂上粉红色，材质不行没办法，颜色上再也不能输了。于是，武士简单率真、争强好胜的本性真真切切地化作了斋浦尔的满城粉色。

不过，还有一种说法。1876年，印度已经沦为大英帝国的殖民地。为了欢迎威尔士王子访问，斋浦尔的统治者计划好好地装饰一下城市，粉刷粉刷。可是，除了粉红色，油漆商不能供应足够的其他颜色的油漆供整个城市使用，粉红色，是没有选择的选择。但没想到，满城的粉红色营造出了独特的韵味，统治者从此再也不允许其他颜色上外墙了。

以上两种说法，也许都是真实的历史，但我都不喜欢。我宁愿相信，粉红城就是武士心底里的一抹暖色，就是侠骨柔情，就是武士有意而为之的。

从德里出发参观斋浦尔，第一站是琥珀堡。琥珀堡位于斋浦尔城外的卡利科山（Kalikhohills）上，1592年建成，以后被不断地改造、增盖。参观城堡是可以骑着大象上山的，但想骑大象的人太多了，两次我们都没有时间排长队等，只能徒步上去。城堡由多座宫殿组成，外墙全部采用奶白、浅黄、玫瑰红及纯白色四种石料，石质润滑，文理和线条均匀协调。从远处观望，犹如琥珀。城堡之内，宫殿众多，最著名的是镜宫（Diwan-e-Khas,orShishMahal）。这是贾伊·辛格大君为自己建的寝宫，其最大的特点不在于镂花雕彩，而在于内外墙壁不规则地镶满了拇指大小的水银镜片。这些水银镜片，都是贾伊·辛格大君从比利时进口的。白天，在阳光的辉映下，镜宫熠熠生辉。到了夜晚，镜宫中点起了蜡烛，烛光在满室镜片的反射中，宛如满天繁星，充满了浪漫和神奇的色彩。只看了这一样，就让我对贾伊·辛格大君有了好印象，对粉红城的那些不着边际的联想就再也挥之不去了。

大象"出租车"

印度笔记

①②③④⑤琥珀堡一角

武士的粉红城市斋浦尔

①②镜宫的内墙顶

043

琥珀堡内饰

　　出琥珀堡，往斋浦尔城里走的路上，总会经过一个美丽宁静的小湖泊。湖中间，还有一座美丽的宫殿，权且叫作水宫（JalMahal）吧。这是统治者们的夏宫，可惜现在，只能远观，不能近看了。

　　再往前走，就到斋浦尔了。一进旧城的城门，满眼的粉红，果真名不虚传。长长的、笔直的街道上熙熙攘攘，人、牛、车各行其道，路边的商店生意兴隆，两百多年前建设的城市仍然生机勃勃地活着。城市的中心，是皇宫（City Palace），当然，这也是出自贾伊·辛格大君的手笔。皇宫有八个城门，内有十几座漂亮的宫殿，最漂亮的是七层高的钱德拉宫（Chandra），是当年贾伊·辛格大君的寝宫。但是，钱德拉宫没有对外开放，据说贾伊·辛格大君的后裔依然住在里面。现在游客可以参观的皇宫只是其中的一部分。还有一些宫殿，有的已经改成了博物馆，有兵器博物馆、纺织品博物馆等，有的改成了集作坊、市场于一体的工艺品市场，里面结合了印度教和伊斯兰教风格的特有的拉贾斯坦细密画非常漂亮，有的还镶有宝石或半宝石，价格令人咋舌；还有的改成了旅游品商店。

　　除了钱德拉宫，皇宫最著名的地方还有两处。一处是天象观测所；还有一处，名气更大，那就是风宫（Hawa Mahal）。这个，倒不是贾

①②镜宫的外墙

伊·辛格大君的作品了，而是普拉塔普·辛格大君（Maharaja Sawai Pratap Singh）——贾伊·辛格大君之后的第四任大君的杰作。普拉塔普·辛格大君统治斋浦尔的时间是1778～1803年，风宫是在1799年建成的，现在已经变成了斋浦尔的标志性建筑。

风宫高五层，从下到上由宽变窄，外观就像金字塔。风宫靠近大街的一面墙上，二层以上，开了很多窗户——数不清的小小的窗户。据说，这是普拉塔普·辛格大君为宫中女眷专门建造的。有了它，不能随便逛大街的她们就可以坐在窗后，领略楼下的市井风情了，而外面的人们，却是很难看到她们的。更重要的是，拉杰普特人常年征战，凯旋的武士得胜回朝的时候都有盛大的游行，日夜为他们的平安和胜利而祈祷的母亲、妻子、姐妹和女儿们，怎么能错过分享他们胜利喜悦的机会呢！不能投身其中，从窗户后看看，也是极大的安慰。

从建筑结构来讲，因为窗户很多，整座宫殿通风良好。即使大风吹袭，只要将窗户全部开启，大风前进后出，也不会将宫殿吹倒。所以这座宫殿的名字叫风宫。

有一个印度朋友曾经问我：你喜欢阿格拉还是喜欢斋浦尔？我毫不犹豫地回答：我喜欢阿格拉，因为那里有泰姬陵、阿格拉堡、阿克巴

①风宫，斋浦尔的标志性建筑之一。
②③皇宫一角

武士的粉红城市斋浦尔

①远处朦朦胧胧的水宫
②皇宫,远处的乳黄色建筑即为钱德拉宫。

墓,还有胜利城。出人意料地,这位印度朋友告诉我,凡是既到过阿格拉又到过斋浦尔的印度人,大部分更喜欢斋浦尔。因为,阿格拉的那些精华只能是看看的,但阿格拉整座城市却是肮脏拥挤、破败不堪的。而斋浦尔的精华则不仅局限在那几座有限的建筑上,整座城市都很养眼,漫步在城市的街道上,人们领略和享受的是城市二百多年来不曾改变的格局和风貌,时光仿佛倒流了。

　　说得有道理。

047

印度笔记

老德里和月光市场

  2006年5月12日，印度国会下院人民院通过一项法案，责令德里市政府：暂停2006年上半年来一直在推行的——拆除城区住宅区里的违章建筑、关闭在这些违章建筑里开设的私人企业、拆除城市周边成片的贫民窟——行动，要求德里市政府在一年内拿出解决问题的方案。

  5月15日，国会上院联邦院也通过了这一法案。5月19日，印度总统签署了该法案并立即生效。

德里的贫民窟

德里的书摊

德里市政府的这个行动是从2005年12月19日开始的,至今,已经拆毁了2642座违章建筑,查封了14000座违章建筑,在城市东侧亚穆纳河边拆除贫民窟的行动也开展了好几次,使得民怨沸腾、抗议不断。在法案通过之后,联邦城市发展部部长雷迪表示:德里的违章建筑是过去40多年积累下来的,不能指望一夜之间就解决问题。

在印度的历史上,现今被称为德里的地方曾被好几个王朝定为都城,但值得注意的是,印度宪法等正式官方文件确认——印度共和国定都新德里。难道德里还有新旧之分?是的,的确如此。

莫卧儿帝国第五代皇帝沙杰汗建造了泰姬陵,可是在故都阿格拉,沙杰汗处处触景生情,伤心不已,1638年,沙杰汗决定迁都德里,在德里又开始了大规模的建设。正是在阿格拉和德里两地的大兴土木,引起了皇子们的不满和造反,第三子奥朗则布最终胜出,自己在德里称帝,把父亲囚禁在故都阿格拉的阿格拉堡至死。德里因此成为莫卧儿帝国最后的都城。

还在莫卧儿帝国鼎盛之时,英国殖民者就已经踏上了南亚次大陆。1600年,东印度公司成立,并最终在印度确立了殖民统治,统治当局的首府设在了加尔各答。1857年,印度人民反英武装大起义爆发,德里成为起义的中心。起义虽然失败了,但它迫使英国政府调整对印政策,取消东印度公司,实行英国女王直接统治。为了加强统治,1911年,英国殖民当局决定把首府从加尔各答迁到德里,以防止德里"东山再起"。

不过，殖民当局并没有改造曾作为莫卧儿帝国首都的德里，而是在它的西南面，有规划地新建了一座都城。这座都城，就被称为"新德里"，而莫卧儿帝国都城之所在，就被称为"老德里"。印度独立之后，把新德里定为国都，德里市政府从2005年年底开始的拆除违章建筑的行动，其实，主要集中在新德里。

而在我这个外人看来，新德里的违章建筑该拆，但老德里的改造才更加值得关注呢！

不知道是心理作用，还是事实就是如此，一过新、老德里的标志性建筑德里门，顿时就有"新旧社会两重天"的感觉。新德里的违章建筑再多，但至少，街道上的车辆是可以开起来的，有的地方，成片的两三层小楼掩映在半高的红墙和硕大的绿树后面，还是挺养眼的，呼吸是顺畅的。

但是一进了老德里，道路一下子就变窄了，大公交车、各种小汽车、三轮小蹦蹦车和两轮摩托车挤在一起，根本就没有行车线，就算有也看不见，谁技术好、胆子大，谁就先走。有的时候，迎面还能碰到老牛，它们或三五成群，或茕茕孑立，在马路上的任何地方，正中间、区分相反方向的隔离道或者是马路沿上，坐卧停留，谁也奈何它们不得，只能绕道，无形中又增加了交通的拥堵。路边布满了各种小商铺，还有流动的商贩，熙熙攘攘。在这里，人们可以真正亲身体会到，什么叫摩肩接踵。

更有甚者，一条马路并不是永远延伸下去的，中间有交叉路口、有巷口，还有不知道为什么而产生的豁口。而这些地方，或者说，只要有一个角落，便成了一些人的方便之处。每当我走在老德里的马路上东张西望的时候，常常会看到让人脸红的一幕。这种场景实在太多了，加上车辆的尾气、沿街商铺习惯点香的各种香气，还有人与人之间距离太近而不可避免的各种气味……总之，在老德里，呼吸困难。

老德里和月光市场

德里门——新、老德里的标志性分界物之一

克什米尔门——老德里的又一座标志性建筑

051

德里的地铁站

　　如果说，老德里的大街已经让人"叹为观止"的话，那么，越深入进去，进到老德里的中心——月光市场（Chandni Chowk），那可真成了一场"探险"啦！月光市场，正对着莫卧儿帝国的王宫红堡，不消说，也是沙杰汗的杰作。相传，当年，红堡里的王宫贵妇们经常在晚上出宫，在月光下到此地消闲遛街，"月光市场"因此而得名。不过，对此我倒有些疑问，沙杰汗不是个鳏夫吗？他宫里哪来那么多的贵妇？再说，红堡里面不是还有一个小的模拟的市场吗？但是，无论如何，我喜欢这个市场的名字，很温馨浪漫。

　　月光市场，大概是老德里最重要的标志了。不到月光市场，就不算到过老德里。到月光市场，最好的交通工具是地铁。逛月光市场，要么步行，要么坐人力三轮车。

　　我至今都没有查到，这个月光市场到底有多大，而且也不清楚，我到底已经走过了月光市场的多少地方。大致来说，红堡对面的马路，名为"月光大街"的地方，就是月光市场的外围了。那里已经是商铺林立，一家一家地紧挨着，卖服装、鞋帽、箱包和日用杂品的占多数，马路上

老德里和月光市场

正对着红堡的月光市场外围的大马路——月光大街

月光大街街景

还有很多地摊，货色大同小异。等到深入进月光市场的里面，第一次去的人往往会不知所措，不知道往哪里走。因为，月光市场里面的街道似乎是一条套着一条的，深不可测，而且都特别窄，如果还能称作街道的话，最宽的地方大概也只能容得下三辆三轮车并行。地下污水横流，不时地，还可以看见有人冲着墙角方便；抬头网线纵横，都是明线，有的线头还吊在半空晃荡，不知道带不带电。

类似于一些服务行业的"托儿"一样，月光市场也有很多的托儿。他们大多活动在月光市场的外围，也就是在月光大街上。看见外国人，就主动上前搭讪，先问问你想买什么，然后就告诉你，他知道哪家哪家店，东西是如何如何的好，价格是如何如何的便宜。如果你一时意志不坚定，告诉了他你的购物意向，那他就变成了你此行的一块"牛皮糖"，你再也摆脱不了他了，除非你跟着他去他说的店里看看。

我第一次去月光市场，就遭遇了这么一块"牛皮糖"。最后，百般无奈之下，我们跟着他七拐八拐地进了一家专卖印度莎丽的店铺。说实话，要不是我们人多，要不是白天，我还真不敢跟着他走。这位老兄大概把我们弄进店铺就有好处了，所以，我们进了店门，他一转身就消失在茫茫人海了。

①月光大街上的花店
②月光大街上的食品摊
③月光大街上的小吃摊
④月光大街街景
⑤月光市场街景。狭窄的道路、破旧的楼房、蜘蛛网一样的电线、众多的客流，使得这里的空气不太流通，有时候就是这样灰蒙蒙的。刚进入这里的人，容易不停地打喷嚏和咳嗽。
⑥月光市场街景。这里的空气更流通一些。

还有一次，我是跟印度朋友一起去的月光市场。刚刚横穿马路，走到月光大街，本来就寸步难行的街道上，突然传来了歌声。随后，我看到一队人马，簇拥着一只被几个人高高抬起的拉满小彩旗的"纸船"，一路欢歌地过来。这是什么仪式？我正纳闷呢，身边的印度朋友告诉我：那是送葬的队伍。躺在所谓的纸船里的是一位刚刚逝去的高龄的老者。这可真是令人震惊，队伍里的人简直可以说是兴高采烈的。更令人称奇的是，那天就在我们要离开月光市场的时候，我们差不多在同样的地方，又一次看到了这样一支送葬的队伍。这一次，印度朋友告诉我，死者是一位女性。当时的环境太乱太吵了，我和朋友紧挨着站在一起，还要大吼着说话，否则根本就听不见。我问她："你是如何知道的？是彩旗显示的，还是歌声里唱出来的？"可惜她没有听清楚，正急着打电话找车呢。等车来了，新的话题也来了，我没有得到答案。

别看月光市场在我们这些老外眼里乱成一团，但它仍然是德里人喜爱的购物场所，因为几百年来，它的销售方式基本没有变化，小小的店面大多没有柜台，进门便是地毯或者是地板革，主要的商品挂在门上作幌子，大宗的货物则堆在地上。讲究一点的店家，会在靠墙的地方打一整面墙的格子，把不同的商品放进不同的格子里。店主席地而坐，顾客进门，也是席地而坐，挑挑拣拣、讨价还价。据说，在月光市场，不讨价还价的顾客被视为不懂买卖乐趣的大傻瓜。

现在，因为外国的顾客多了，店家也准备了一些椅子、板凳，有的店家还把自己的柜台修成了一个大大的跟椅子、板凳一样高的地台，店主他老人家仍然是舒舒服服地盘着腿、靠着墙坐着，等着大鱼上钩。而客人来了，坐在椅子或板凳上，双方的视线是完全平等的。

商人的销售方式，在我看来也有奇怪之处。比如在这里，虽然可以讨价还价，但是多买却不一定能还到好价钱。按我们在国内的购物习惯，在一个可以讨价还价的市场上，同样的一件商品如果一次买很多件，价格自然就能讲下来。可是在月光市场，情况却是相反的：因为你

印度笔记

①位于月光市场中心地带的大清真寺门前的马路。大型旅游车、两轮摩托车、三轮人力车、自行车，还有小轿车、三轮蹦蹦车，再加上行人等，常常把这里挤得水泄不通。
②这里还是位于月光市场中心地带的大清真寺门前的马路。请注意看照片右下角，那里站着两名警察。月光市场里警察不少，他们或是装备一支老掉牙的长枪、一根大木棒，或是一只小口哨。警察嘴里吹着口哨、手里舞着大棒维持秩序的场面，我见得多了，很有意思，似乎也很有效。警察用枪的情况我还没有碰到过。
③月光市场里的婚礼用品街
④月光市场里的银器珠宝街

056

要买很多件，那就说明这个东西好，你需要，那店家我就不能让步太多。再说，你把我的好东西都买光了，别的客人就看不到、买不到了，那不行，不能便宜了你一个人。

除了销售方式基本没有变化之外，多少年来，月光市场还慢慢形成了一定的分工，例如金银珠宝街、铜器街、婚礼用品一条街、披肩围巾一条街、莎丽一条街，当然现在还有电器一条街；等等。因此，如果你要买一件东西，又想货比三家，或者筹办一次活动，零零碎碎需要很多东西的话，跑一趟月光市场基本就可以满足全部需要了。我的印度朋友就告诉我，她妹妹前不久结婚，婚礼所需要的所有东西，她花了一个下午的时间，在月光市场就全部搞定了。虽然如此，她对月光市场的购物环境却是大大地摇头，对此，我自然也有同感。

所以，当2005年年底德里市政府开始拆除违章建筑的时候，我就在想，德里市政府会改造老德里，特别是月光市场附近地区吗？比起新德里那些过去四十多年来建造起来的违章建筑，月光市场附近地区才更愁人呢！改造吧，那可是活的历史文化遗存，再说，德里市政当局哪来的钱呢；不改造吧，那里实在是很危险，要是哪一天电线短路发生大火，消防车根本就进不去，甚至哪一天，要是有一个居心叵测的人有意制造一个什么事件，挤踏事故也非常容易发生。

不过，就像我没有查到月光市场究竟有多大一样，也没有查到那里究竟在历史上有没有发生过什么事故，但愿过去没有，希望今后也不会有吧！或许，人家有内部的防控措施，我不知道罢了，根本就是杞人忧天。

可我还是愁，因为，总有朋友自远方来，点名要看老德里、要看月光市场，可那里的情形，我是带他们去还是不带他们去呢？

这是一个问题。

印度笔记

图格拉克城遐思

　　第一次去德里的图格拉克城那天，天空下起了小到中雨，整个城池里没有几个人。凄风冷雨当中，放眼一望，满目苍凉：那雄伟高大绵延数公里的城墙，那一座座堡垒、宫殿的残石废砖，那一个个开凿在地下的藏兵洞、运兵道、死囚牢和牲口屋，还有那一堆堆肯定是不久前有人烧火留下的焦黑的树枝木块……还有什么地方比这里更让人既胆战心惊又浮想联翩呢？反正，即使是白天，我也绝对不敢一个人到这里来。脚

图格拉克城远景

踩着图格拉克城的废墟，耳听着冷得声音都有些打战的印度朋友简单的介绍，什么这里很早就废弃了，后来成了一个打猎场，这里曾经发生过多少多少起凶杀案之类，我的脑子里反反复复地，就是十个字："月黑风高夜，杀人放火天"。

我跟同事打趣：以后电影导演要拍惊悚片的话，不必再到处找景或者造什么电影城了，就到这里来吧！眼前这大片的废墟，脚底下这数不清的大小洞窟，可以演绎出多少爱恨情仇、战争与和平、阴谋与爱情、美女与野兽……刚说到这里，同事被逗乐了，我自己紧张的情绪也放松了。

后来，我有机会又去了一次图格拉克城。现在，让我慢慢地讲讲有关德里的事情吧！

关于德里的起源，有很多种说法。一说，德里（Delhi）本名叫因迪拉普拉斯塔（Indraprastha），是公元前1000年由《摩诃婆罗多》史诗中的潘德瓦斯建立起来的；一说，德里这个名字来源于波斯语德里斯（Dehlies），意为"门槛"；还有一种说法，德里是以公元8世纪的一个国王的名字迪尔（Dill）来命名的。不管怎么说，大概从11世纪开始，现今称为德里的地方被好几个王朝的统治者选作都城，并且先后建造了7座城池，图格拉克城就是其中的一座，现在一般被称为德里第三城。

那么，图格拉克城建立在哪一个王朝呢？

13世纪初叶，1206年的时候，突厥人在现今德里的周围建立了穆斯林统治的国家，其统治者被称为"苏丹"，最早的一位苏丹定都德里。因此，这个突厥人的国家也被称为德里苏丹国，其统治长达320年。

德里苏丹国的第一个王朝通常被称作"奴隶王朝"（Slave Dynasty），因为其创始者艾伯克出身奴隶。第二个王朝是"哈尔吉王朝"（Khalji Dynasty），开始于1287年，其创始者贾拉·乌德·丁·哈尔吉（Jalal-ud-dinKhalji）趁奴隶王朝内讧不断、连续四代苏丹死于非

①②图格拉克城远景

命之际，夺取了苏丹位。但哈尔吉王朝的后期同样干戈不息。1321年，坐镇哈尔吉王国西北边陲的图格拉克兵逼德里，杀死弑君的大臣，自立为苏丹，称吉亚斯·乌德·丁·图格拉克王（Ghiyas-ud-din TughluqShah），建立了图格拉克王朝（Tughluq Dynasty）。图格拉克王朝之后，德里苏丹国还经历了萨义德王朝（Sayyid Dynasty）和洛提王朝（Lodi Dynasty）。差不多同一时期，印度还有许多其他地方政权，如克什米尔、江普尔、孟加拉和古吉拉特等。德里苏丹国最终败于莫卧儿人之手。

图格拉克城就是由图格拉克王朝的开国苏丹吉亚斯·乌德·丁·图格拉克建造的。相传，图格拉克原名加兹·马利克（Ghazi Malik），是哈尔吉王朝最后一个苏丹穆巴拉克（Mubarak Khalji）的奴隶。有一天，主仆二人经过一个小山坡的时候，马利克对他的主人说，这可是一处修建城池的好地方啊。苏丹穆巴拉克根本不屑一顾，他大笑着对马利克说：等你有朝一日也变成了苏丹，就在这里修建城池吧！

当加兹·马利克——后来的吉亚斯·乌德·丁·图格拉克——真的成为苏丹后，他立即着手在他早就认定的这块风水宝地上实现夙愿。不过，事实上，当马利克在跟苏丹穆巴拉克提出这个建议的时候，已经是一位大将军了。

城池修建的速度非常快，只用了短短4年时间就建成了。当时，莫卧儿人已经开始不断地从西北南下袭扰德里苏丹国了，而德里苏丹国内部从来就没有完全稳定过。因此，吉亚斯·乌德·丁·图格拉克不仅把他的城池修建得飞快，而且修建得庞大而坚固。城池被护城河环护着，其高达15～30米的城墙、厚达10米的双层堡垒和巨大的圆形望台，精心守护着宽阔的宫殿、舒适的居城、精美的清真寺，当然还有与政权有关的一切，如现在还可以看到的监牢。

图格拉克城池是如此地坚固，相传其建筑材料当中甚至还有莫卧儿战俘的尸骨。但是，新建起来的城池很快就被废弃了，因为，吉亚斯·乌

印度笔记

图格拉克城内景

图格拉克城内景

图格拉克城内景，据介绍，远处像涵洞一样的地方是城内的一个地下市场。

德·丁·图格拉克在修建城池的时候开罪了一位传奇的大圣人——尼扎姆·乌德·丁（Nizam-ud-din）。吉亚斯·乌德·丁·图格拉克把为大圣人修建神庙的工匠抢过来为自己修建城堡，气得大圣人公开宣称：城堡里只能住牧羊人。苏丹和大圣人长期不和，最终导致大圣人做出了一个令时人奇怪的预言："德里还太远"（Delhi is yet faraway）。这个预言马上就被证实了。1325年，出征孟加拉的苏丹吉亚斯·乌德·丁·图格拉克在德里附近他儿子兆纳汗举行的一次宴会上，被倒下的华盖砸死，再也不能活着回到德里了，他永远地离德里远去了。

也有一种传说，吉亚斯·乌德·丁·图格拉克是被兆纳汗谋杀的，因为兆纳汗非常不满父亲大兴土木建造城池，于是趁其班师回朝举行欢迎庆典之际，修建了一个假的木制阳台，等父亲一走上去，阳台便塌了，华盖也倒了，人也被砸死了。兆纳汗随后继位，改称苏丹穆罕默

图格拉克城内景。据说，这里设计为藏兵洞和运兵道。两边还有许多洞，用处多了去了。

德·本·图格拉克（Muhammad bin Tughlaq）。可能是因为大圣人的诅咒言犹在耳吧，但更有可能的是图格拉克城缺水，新苏丹决定修建自己的城池，而不再使用他父亲刚刚造好的图格拉克城。就这样，在1327年，图格拉克城不是被入侵的外敌攻陷了，也不是被地震之类的自然灾害摧毁了，而是被废弃了。修建了城池的人并没有好好地享用它，它里面甚至没有多少人活动的遗迹，其被废弃的速度与其建成的速度同样快得惊人。

顺便说一下，图格拉克王朝的头三位苏丹似乎都有兴建新城的嗜好，苏丹吉亚斯·乌德·丁·图格拉克建造了德里第三城，其子苏丹穆罕默德·本·图格拉克建造了德里第四城贾汗帕纳（Jahanpanah），其侄苏丹费鲁兹·图格拉克建造了德里第五城费罗扎城（Firozabad）。

有意思的是，吉亚斯·乌德·丁·图格拉克在建造城池的同时也为自己建造了陵墓，而且这个陵墓从外面看起来像一个堡垒。因为修建从德里到阿格拉的公路，陵墓被从城池中分离开来，位于公路的另一侧、一个人工湖的中心，四周有高高的围墙，正中的寝宫用红砂岩做底，白

吉亚斯·乌德·丁·图格拉克为自己造好的陵墓，他确实安息在此。

从图格拉克陵墓看图格拉克城的城墙，
中间有车的地方是公路。

色的大理石做顶，看上去简朴而不失威严。奇怪的是，寝宫里有三具石棺，据介绍，正中的就是吉亚斯·乌德·丁·图格拉克的石棺。而两边的，则很可能是他的夫人和他的儿子，也很可能就是谋杀他的凶手、他的继承人苏丹穆罕默德·本·图格拉克的石棺。苏丹穆罕默德·本·图格拉克死于1351年。这就很奇怪了，这样的一对父子，怎么最后弄得同在一个"屋檐"下了呢？人生就是这样充满了吊诡。

印度笔记

　　第二次去图格拉克城，碰上的是一个大晴天。明媚的阳光下，依然不见几个游人的图格拉克城还是显得很冷清，阴森森的。陵墓四周的那个人工湖早就不知道从什么时候起干涸了，湖底稀稀落落地长着一些青草和大树。围绕着陵墓的，是一圈常见的贫民窟，更远处，像是一个不大的集装箱货场。有小孩冲着我们打招呼，但树下的那个人显然正在忙着其他的事情。定睛一看，大树冠上，密密的绿叶里还藏着两个活泼的小淘气呢，他们肯定就是不远处贫民窟里的孩子。神差鬼使地，我的脑子里突然出现了辛弃疾《南乡子·登京口北固亭有怀》的片段："千古兴亡多少事？悠悠。""生子当如孙仲谋。"

　　我歪解稼轩了，一笑。

陵墓外面的贫民窟和集装箱货场，这里原先是个人工湖。

老堡和胡马雍陵

德里，作为莫卧儿帝国最后的首都，真是看不尽、道不尽。今天，再说说德里的老堡和胡马雍陵吧。之所以放在一起说，是因为它们都跟莫卧儿帝国的第二代皇帝胡马雍有关。

莫卧儿人其实就是中亚的察合台突厥人。莫卧儿帝国的第一代皇帝，即它的开创者巴布尔，是帖木儿的第5世孙，莫卧儿帝国的基业，实际上就是巴布尔从祖上所继承的一个小王国。这个小王国，位于现今中亚乌兹别克斯坦和吉尔吉斯斯坦交界的费尔干纳地区。

巴布尔继承了费尔干纳小王国之后，雄心勃勃，发誓重振成吉思汗和帖木儿的事业，积极向外扩张。巴布尔首先占领了喀布尔，在阿富汗自称皇帝，并以阿富汗为基地，向印度扩张。到1530年，巴布尔去世时，他已经占领了北印度的大部分地区。胡马雍是巴布尔的长子，他顺利地继承了王位，继续父亲的扩张事业。与父亲的经历一样的是，胡马雍的征战不仅遇到了阿富汗人的强烈反抗，而且遇到了印度教各路王公的顽强抵抗；不一样的是，胡马雍的征战还遇到了也想当皇帝的兄弟们的掣肘。

1540年，一支由谢尔汗领导的强大的阿富汗人反莫卧儿势力打败了胡马雍，在德里建立了苏尔王朝，胡马雍兵败后撤，在伊朗国王的帮助下，又跟自己的亲弟弟打了一仗，夺下坎大哈和喀布尔，总算给自己找到了一席立身之地。尽管如此，胡马雍从来没有放弃反攻复国的目标。趁谢尔汗去世、苏尔王朝内乱之际，胡马雍又开始了进攻，终于在

老堡的城墙

1555年攻占德里和阿格拉，推翻了苏尔王朝，重登王位。

原来，胡马雍还是一个能屈能伸会打仗的皇帝，有点卧薪尝胆的越王勾践的意思。其实，对莫卧儿帝国来说，胡马雍虽然已经是第二代皇帝了，但他的统治，还是属于"马上打天下"的时代，还是一个武士的时代。可是，当走进位于亚穆纳河边的老堡时，我的想象却有了很大的改变。

老堡，是印度最伟大的史诗《摩诃婆罗多》中的英雄潘达婆诸王的居城，里面绿草如茵，视野开阔、甚至空旷。老堡的城墙，是胡马雍第一次在德里称帝时下令修建的，但直到谢尔汗在德里建立苏尔王朝时才完工。老堡现在保存得比较完整的，只有两处地方，一处是图书馆，一处是清真寺。

老堡和胡马雍陵

①②老堡一角
③老堡一角，远处就是胡马雍的图书馆。

069

胡马雍的图书馆，周围非常空旷，难道你不觉得它有玉树临风之美吗？

    莫卧儿的第二代皇帝胡马雍还有一个众人皆知的嗜好：爱书。他藏书、读书，把老堡一座亭亭玉立的宫殿改建成了自己的图书馆，一有闲暇便要去那里坐坐。在第二次攻占德里之后，他依然嗜书如命。1556年，一个月明星稀的晚上，胡马雍照例来到自己的图书馆读书，他读到很晚很晚，有些倦了，于是，他抬起头来，从窗口望出——多么美的夜啊，明月当空，微风徐徐。不由得，他站起身来，走向窗户，他要去跟月亮说说话，告诉她，在这个夜晚，阅读使他多么地快乐，又使他有一些伤感——他想念远在阿富汗的妻儿想告诉她，长年的征战，他真的有些累了，他要乘风归去，去到她遥远而宁静的怀抱，那里不再有杀戮，不再有阴谋……胡马雍就这么一直走了出去，从窗口。

    他严重地摔伤了，第二天便离开了人世。消息传到阿富汗，孤儿寡母星夜兼程地赶到德里，已经是10个月之后的事情了。柔弱的妻子一下子变得能干起来。从1565年开始，她亲自主持建造丈夫的陵墓，到1572年他们的儿子阿克巴执政时落成。胡马雍陵是如此地完美，成为莫卧儿帝国陵墓的典范，泰姬陵的建造也从中汲取了精华。

    关于胡马雍的突然死亡，其实有很多说法。他确实是摔死在自己的图书馆里的，但到底是因为什么，版本就多了。看书累了，有点恍惚，腿脚发软，下楼梯不稳，严重摔伤，第二天终告不治，是最常见的一个版本。我只是忍不住在此基础上加入了自己的一点联想：也许，胡马雍走向天际的时候，一心想的就是"我欲乘风归去"。人，总是要死的，死并不可怕。对先人的死亡，给予一些诗意而美好的想象，是尊重也是祝愿，相信没有亵渎先人的在天之灵。

老堡里的清真寺，是谢尔汗时期建造的，坐南朝北，高 20 米，长 51 米，宽 14 米，主要材料是红砂石和黑白两色的大理石，非常精美壮观。该寺集合了印度教与伊斯兰教的建筑风格，正门入口处特别让人惊艳，伊斯兰文化在建筑上对称的特点在这座清真寺上已经有所体现。

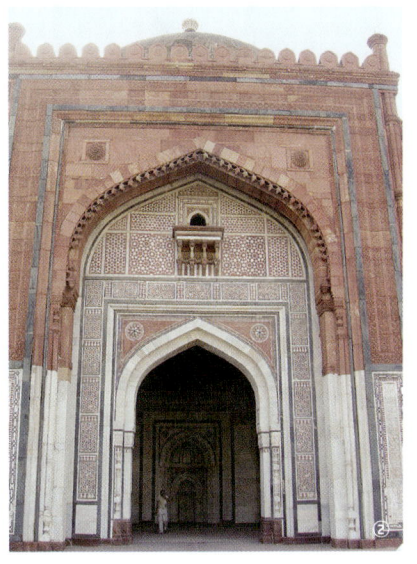

❶老堡的清真寺外墙
❷老堡清真寺正门

到建造胡马雍陵的时候，对称就更加明显了。陵墓位于一个大花园的正中间，基座也是一个正方形。站在基座上，人们可以发现，花园四周建有围墙，每面墙的正中间都开有一个高大的门，墙与基座的中间是修有水道的花园。四面墙、墙上的门、中间的四个花园都是对称的，甚至是一样的。如此的建筑风格似乎有些单调？就在参观者刚刚产生这种

基座上的胡马雍陵的寝宫

想法的时候，只要回过身去，朝位于基座上的寝宫望去，就会发现寝宫好像是不对称的，大门套小门，门的朝向也不是跟基座的四边成直角的，有变化了，有趣味了。如果有机会，能乘上直升机从上往下看，这寝宫形如四瓣开放的花朵，非常精美。构思实在是太巧妙了。

整座陵墓是用红砂石建成的，内嵌白色的大理石。这些白色的大理石或被拼装出花纹，或只是用作简单的装饰线，使整座陵墓显得庄重大方，既有皇家的气派，又有伊斯兰文化的秀美。

寝宫的内部倒是比较简朴，胡马雍及其正妻的大理石棺就放在地面，棺材上没有多少修饰。值得一提的是，也许胡马雍的很多后代都葬在了这里，寝宫内部有大大小小很多墓室，里面安放了很多白色的大理石石棺，但基本上都没有任何装饰。

花儿一样的寝宫有很多窗户，光线透窗而过，斑斑驳驳、安安静静地照在这些朴实无华的棺材上。低矮的穹顶，仅及人高的门楣，让人常常不得不低头弯腰、放慢脚步，甚至放低声音，不知不觉中完成了一次又一次对死者的祭奠。

据说，参观胡马雍陵，最好是在冬天。德里冬日的早晨常常有雾，笼罩在雾中的胡马雍陵有一种说不出的神秘感。不过，我宁愿相信，寒冷的冬日里，笼罩在烟雾中的胡马雍陵更有一种令人浮想联翩的诗意。

胡马雍陵内部全景

胡马雍陵入口

胡马雍陵旁边的莫卧儿帝国官员的陵园

参观游览的印度女子

老堡和胡马雍陵

　　胡马雍陵里，还有一些其他的陵墓。虽然年代久远，建筑破败了，但仍能看出昔日的辉煌。

　　我已经去过胡马雍陵很多次了。每次我都在想，历史真是奇怪，人生真是奇怪。胡马雍一介武夫，一生征战，却酷爱读书，最后因书而死。可是他的儿子阿克巴，虽然为死于阅读的父亲最终建成了足以流传百世的陵墓，自己却偏偏大字不识一斗，尽管他是莫卧儿帝国、也是印度历史上最伟大的一位皇帝，被后人尊称为"阿克巴大帝"。所以，这历史与人生还真是存在多种可能性。

　　这么一想，事情似乎还挺复杂的。但是，不管怎么说，到德里来，一定要去看看老堡和胡马雍陵。

①②③胡马雍陵旁边的一些莫卧儿帝国官员的陵墓

大清真寺的正门

① 清真寺里当年的课堂所在地
② 清真寺里圣人的居室遗址

红堡随想

子曰:"仓廪实而知礼节,衣食足而知荣辱。"每天阅读印度的大报小报,发现关于古迹维护的各种消息充斥其间,心里便想,现今还应再加上一条:国库足而修文物。近年来,印度经济发展良好,国内生产总值年均增长都在7%上下。德里是印度的古城,目前留存最多的是莫卧儿帝国的遗迹,据报上说,马上就要投入维修保护的,是莫卧儿皇帝沙杰汗建造的红堡。

关于沙杰汗,我已经知道不少跟他有关的故事,对他已经不再陌生了。1631年,沙杰汗在阿格拉动手开始建造泰姬陵,同时不断地对阿格拉堡修修补补,用的都是他最喜爱的也是最昂贵的白色大理石和宝石镶嵌工艺。随着泰姬陵超凡脱俗的美丽渐渐显露,多情的沙杰汗在阿格拉再也待不下去了,因为他无法控制自己不触景生情,不悲痛欲绝。到1639年,沙杰汗决定迁都德里,并且仿造阿格拉堡在德里新建王宫。

① 在大清真寺里做礼拜的人们
② 清真寺里圣人的陵墓

①清真寺的大理石和红砂岩廊柱
②清真寺红砂岩廊柱中，间或也有大理石廊柱。说明清真寺不是一气呵成的。

1648年4月，花了9年零3个月的时间，新王宫建成了。因为新王宫主要是用红砂岩建成的，所以又名"红堡"。顺便说一下，红堡还在建设过程中，沙杰汗又从1644年开始在红堡西侧的斜对面开始建造大清真寺（Jama Masjid），并于1658年建成。

莫卧儿帝国是一个伊斯兰国家，沙杰汗是一位虔诚的信徒，正是信仰的力量支撑着沙杰汗完成了他所有浩大的工程。他为他的真主建造最宏伟壮观的清真寺，他为故去的爱人建造最美丽的陵墓，他为自己建造最坚固奢华的宫殿。天上的、地下的、俗世的，他都想到了，都安排了合适的去处。顺带着，沙杰汗还着手在红堡和大清真寺周围建成了"月光市场"。他让自己最喜爱的大女儿贾汗阿拉为月光市场的建设奠基，月光市场后来还真成了贾汗阿拉的最爱。

①清真寺主建筑的顶部，右侧墙的石头五颜六色。
②清真寺主建筑的细部

  坐在皇帝位上的最后二十七八年里，沙杰汗好像挺辛苦的。他像他的祖父阿克巴大帝一样，"两头跑"。可是，胜利城距阿格拉只有37公里，而德里距阿格拉可有整整200公里呢。对了，沙杰汗还修了从德里到阿格拉的道路，一位印度朋友告诉我，这还是一条地下道路呢，可惜我还没有见过。阿格拉的老王宫变成了他的驻跸之地，然而，"行宫见月伤心色，夜雨闻铃肠断声"。回到德里的新王宫，仍然是见月伤心，闻铃断肠。

  最令人扼腕的是，当他最终建成了美轮美奂的泰姬陵、宏伟壮观的红堡和印度最大的清真寺之后，他的皇帝宝座也坐到头了。就在大清真寺建成的当年，他成了自己儿子的阶下囚。

红堡外墙

①②红堡内景一角

红堡是沙杰汗仿造阿格拉堡建造的，既是宫殿，又是居城，就跟紫禁城一样，前面是皇帝办公的地方，后面是皇帝和嫔妃生活的地方。红堡位于亚穆纳河西岸，跟阿格拉堡一样，外城墙全部用红砂岩建成，美观、坚固，气势逼人。据介绍，从空中看，红堡呈不规则的八角形，南北长 915 米，东西宽 548 米，面积是阿格拉堡的两倍。绵延近 3 公里的城墙最低处为 18 米，最高处，也就是亚穆纳河岸边的城墙，高达 33 米。

红堡一共有两大三小五个门。西边的拉合尔门是现在游客观光的主要进出口。拉合尔门高 12 米，正对着拉合尔方向。走进拉合尔门，再往前走，迎面是一个卖旅游用品的市场。每次去参观红堡，印度的朋友、官方的导游都会告知：这里在红堡建成的时候就是市场了，基本保持了历史的原样。这个市场长 665 米，宽 9 米，两边都是店铺。当年，只有宫中女眷才能光顾这里，所以，所有的卖主也都是女性，这里其实就是她们玩乐的地方。不过，现在这里的商店老板和店员已经不限男女了，说不定男性还略多于女性呢！

出了市场，是一个大花园，游客马上就可以看到前面矗立着一栋两层的小楼，红砂岩建成的。我权且将这栋楼译作"鼓乐楼"，它的名字叫 Naubat Khana，印地语的英译，意思大概就是鼓乐楼。这楼 30 米长，22.6 米宽，楼顶有两个小亭子。沙杰汗时代，这里驻着一支皇家

①红堡的拉合尔门远景
②用印地语和英语标注的拉合尔门，拉合尔现属巴基斯坦。

红堡鼓乐楼

乐队。皇帝一到，鼓乐响起。皇帝在宫中时，每天演奏 5 次。沙杰汗出生在星期天，因此这一天就是"圣日"，乐队要全天演奏。鼓乐楼还是臣民觐见皇帝的第一站，除了皇帝本人，所有的人到了这里，都得下马下轿、交出佩戴的各种武器。现在，鼓乐楼已经变成了印度的一个战争纪念馆，里面展出了一些莫卧儿时代和第一次世界大战期间印度军人用过的武器。有一位印度朋友告诉我，鼓乐楼的下面，就是沙杰汗修的通往阿格拉的地下通道的入口，因为管理不善，有一年，出现了游人拥挤踩踏致死的事故，所以就不再对外开放了。对此我是将信将疑，也实在难以想象，沙杰汗还可能修建一条长达 200 公里的地下长廊。

　　鼓乐楼后面，是一个更大的花园，前方不远处是公共谒见宫，这是皇帝亲理朝政的地方，长 122 米、宽 62 米，全部都是用红砂岩建成，三面开放。宫殿内部，3 排 60 根红砂岩柱子撑起了整座宫殿，每排 20 根，两两并列。沿墙的一面，最引人注目的是皇帝的王龛。它高出地面 3 米，后面的墙上是来自法国的艺术家用数不清的宝石、半宝石在白色大理石上镶嵌出的美丽的花鸟和水果图案。但我们现在能看到的已经不

①公共谒见宫里的王龛，为了保护文物，这里已经被一层细纱网护住了，游客不能近前，这张照片是在网后拍的，所以不太清晰。
②公共谒见宫
③公共谒见宫里的警卫

①私人谒见宫
②私人谒见宫里的顶梁柱
③顶梁柱的顶端
④私人谒见宫的大理石和宝石窗饰上面，正中间是一杆秤，象征着沙杰汗和莫卧儿帝国的公平。

是原物了。1857年印度爆发反英大起义之后，它被英国殖民者弄到了伦敦的维多利亚和阿尔伯特博物馆，后来又由寇松爵士还原。

再往里走，就是私人谒见宫了。阿格拉堡的私人谒见宫出自沙杰汗，所以，红堡私人谒见宫跟阿格拉堡的大同小异，一样的材料、一样的工艺、一样的奢华。据说，私人谒见宫的宝殿里，曾经有一件天大的宝物，沙杰汗从阿格拉堡带来的心爱之物。那是他花了7年时间、用11.7万克黄金和数不清的钻石、翡翠、玉石和其他宝石镶嵌而成的一座"孔雀王座"。王座本身是由纯金打造的，下面镶嵌着黄玉，底座有12颗翡翠色石头，台阶用白银铸造。王座背部是一颗用各种宝石雕成的树，树上站着一只用彩色宝石嵌成的孔雀。1739年，孔雀王座被入侵的伊朗国王带回德黑兰，现在陈列于伊朗的国家博物馆。

私人谒见宫远景

离开私人谒见宫，向西走，就到了珍珠清真寺。沙杰汗在建红堡的时候并没有想到要在红堡里面做祈祷，他选择了在红堡外面建造一座大清真寺。但是，他的篡位者，他的儿子奥朗则布却嫌到几百米之外的大清真寺去做礼拜太麻烦了，因此，在篡位后的第二年，也就是1659年，奥朗则布下令在私人谒见宫的西面建造了一座小巧的、皇家专用的清真寺，5年后完工。目前，珍珠清真寺不对游客开放，对面的皇家浴室也不开放。

只得继续再往西走，来到了一个更大的花园。又是一个典型的莫卧儿花园，对称、水道、喷泉，还有喷泉中间的水中宫殿。只是印度北部长年缺水，每次去红堡参观，水道里都没有水，水中宫殿徒有其名。这个大花园的北面是红堡的外城墙，但是南面，却是一排跟红堡建筑风格完全不一致的楼房，据说，这是20世纪三四十年代英国殖民者建造的军营。

正面的主建筑是珍珠清真寺,照片右边的白色建筑是皇家浴室。两座建筑现在都不对外开放。

　　走到这里,游客能看到的红堡就差不多了,但实际上这只是它全貌的1/4。红堡里,莫卧儿时代的建筑、殖民时期英军的建筑、印度独立后入驻的印军的建筑杂陈,基本没有进行过清理维修。印度政府虽然已向联合国教科文卫组织申请在2007年将红堡纳入世界遗产名录,但红堡的保护工作才刚刚开始,而实际的保护工程也要到该计划得到有关部门批准后才能全面实施。

　　红堡实在是命运多舛,它见证了莫卧儿时代从盛到衰的历史、殖民统治的历史和印度人民反英大起义的历史。红堡命运的起起伏伏还不止于此。1719年,红堡在大地震中严重损毁,1739年、1759年、1798年,红堡几次被入侵的外敌掳走宝物或放火焚烧,1857年反英大起义时红堡也遭到了巨大的破坏。红堡仍在使用的拉合尔门,面对着昔日莫卧儿帝国的拉合尔城方向,印巴分治时,拉合尔被划入了巴基斯坦的版图。1945年8月15日,印度首任总理尼赫鲁在红堡升起了印度三色国

英国殖民者的军营

旗。以后每年的 8 月 15 日，印度总理都会在红堡举行展旗、阅兵仪式并发表重要讲话……

　　每次走出红堡的拉合尔门，我都会有一些同样的感慨：泰姬陵、阿格拉堡、大清真寺、红堡，是富庶而强大的莫卧儿帝国的巅峰之作，也是它最后的辉煌。没有这些，印度文明会逊色许多。谁能否认，今天的印度人还在享用着这些珍贵的历史文化遗存呢？谁能否认，泰姬陵是印度的象征和代名词呢？

　　虽然，在位的最后二十七八年里，沙杰汗好像挺辛苦的，"两头跑"。但实际上，作为一个皇帝，他沿袭了他的祖父、伟大的阿克巴大帝和他的父亲贾汉吉尔的政策，萧规曹随，在巩固自己的政权上，特别是在其统治的后期，基本没费多少心思。也就是说，这位皇帝似乎没干什么正事儿。他把主要精力都放在了大兴土木上，花光了莫卧儿帝国的老本，还搭上了自己的皇位和生命最后的八年。

那个时候，英国的东印度公司已经登陆南亚次大陆，进入印度了。让我们设想一下，假如沙杰汗用莫卧儿帝国几代皇帝创下的财富来发展本国的商业，发展本国的经济，发展与海外的通商，发展本国的资本主义，或者，发展本国的教育，提高人民的生活水平，或者，发展本国的军事力量，船坚炮利地对付英国殖民者，那么，近现代的印度历史又会是一个怎样的情形呢？

曾经，我向一位长者吞吞吐吐地说出了自己的想法。我得到的回答是：没有这些，没有泰姬陵、红堡，印度又怎么能匹配文明古国的名称呢？这个答案，我不太苟同。莫卧儿帝国距今不过四百多年，印度文明的历史要长得多，但莫卧儿文明确实是其中的华彩部分。

我还得到一个回答：即便沙杰汗不大兴土木，那笔钱也会是被打仗用掉，或是被老百姓吃掉，能留下什么呢？这个答案，却让我陷入了至今也理不清楚的思考。

虽然，泰姬陵、红堡和大清真寺的背后，我们听到的不是类似"孟姜女哭长城"的故事，不是哀鸿千里、饿殍遍地的悲惨，而是沙杰汗跟蒙泰姬爱情的千古绝唱，然而，人们今天引以为豪、甚至以此招财进宝的历史文化遗产的背后，如果都是一个王朝的兴衰、几代平民百姓的牺牲，代价未免太沉重了。无论如何，一个王朝大兴土木，总该有界限吧？人类文明进步的基础到底应该是什么？

德里的库杜布塔

"历史是什么？"老教授的目光从眼镜框的上面严肃地射向了我。

我突然想笑。

"历史是个小女孩，任人梳洗打扮。"教授不是等我回答，而是猛地挥一挥手，骄傲地给出了自己的答案。

我到底还是没有忍住，终于笑了出来，教授也满意地笑了。

千万别以为这是在大学的课堂里。不，不是的。

这一幕，发生在德里的库杜布塔下。教授？谁知道是真是假，只是他的自我介绍罢了。我所能确定的，他是一位上了年纪的导游。

库杜布塔，位于德里南郊，被称为"印度七大奇迹之一"。教授的开场白是有道理的，现成的例子就是眼前这座5层、总高75.56米的古塔，我参观N次，N个导游就会给我讲述N个关于它的历史故事，且迥然不同。

有一种说法称，库杜布塔最早建立于公元6世纪，是当时的天文学家用来观测天体的。从空中看，库杜布塔的最底层像一朵盛开的有24片花瓣的莲花。但是，北印度长期处于战乱之中，天文学家哪里有能力完成建造一座高塔呢？天体观测，对巩固王权而言，说起来很重要，因为天文学家可以根据星相来验证"天授王权"，但"批判的武器代替不了武器的批判"，掌握了实实在在的兵马粮草，才能在乱世中称王称霸。

还有一种说法，据说是从塔壁的刻文上考证出来的，即库杜布塔是德里最后一个印度教统治者乔汉为其王后建造的，因为他的这位王后希

印度笔记

远眺库杜布塔

望每天都能登高望远，看到神圣的亚穆纳河。乔汉还在塔旁建造了一座印度教的神庙。

不过，一般人更能接受的一种说法是，库杜布塔是德里苏丹的第一个王朝——即奴隶王朝的——第一个国王艾伯克建造的。12世纪下半叶，印度四分五裂，西北部的拉杰普特人虽然英勇善战，但各自为政，力量分散。而外部的伊斯兰势力则逐渐强大起来，一步步地向印度渗透扩张，多次与拉杰普特人发生大规模的战争，并在1192年取得决定性的胜利。这股强大的穆斯林势力的首领就是来自土耳其高里族的穆罕默德。

穆罕默德一路攻城略地，所向无敌，一年之内就占领了德里和恒河上游的一些重镇，但他很快就对印度失去了兴趣，把它留给自己手下的一位将军，自己则掉头向西，打到别的地方去了。留下来的这位将军，就是艾伯克。他当了几年总督之后，心里不安分了。1206年，穆罕默德遇刺身亡，远在德里的艾伯克在一些军事贵族的支持下趁机自立为苏丹，开创了印度历史上的第一个伊斯兰王朝，也就是德里苏丹国。艾伯克曾是土耳其苏丹的奴隶，所以，后来史家称艾伯克及其后世的统治时期为德里苏丹国的第一个王朝，又叫"奴隶王朝"。

为了纪念伊斯兰教对印度教的这一次重大胜利，艾伯克决定建一座当时世界上最高的塔，满足一下自己"会当凌绝顶，一览众山小"的感觉。他选择了已经有点基础的"天文观测塔"的所在地，开始了浩大的工程。那是在1199年。

"天文观测塔"的基础不错，旁边还有一座印度教神庙。艾伯克用印度盛产的红砂石把"天文观测塔"的外形改造成清真寺的诵经塔，把旁边的印度教神庙改造成了清真寺。事实上，清真寺的改建过程开始得更早一些。高塔的四周雕刻了精美华丽的花纹和《古兰经》的经文，在塔最底层的大门上还刻下了这么一句话：

谁在地下为真主建造清真寺，真主就在天国为他建造同样的寓所。

印度笔记

正在修缮的库杜布塔底层。从照片上可以清楚地看到刻在红砂岩上的精美的花纹和阿拉伯文的《古兰经》经文。半圆形和三角形的柱子交错着竖向密排，也清晰可见。

清真寺廊柱上的雕刻细部

为了省事，印度教神庙的石柱直接被用作清真寺的廊柱，本地信仰印度教的民工成为修寺造塔的主力，伊斯兰教风格和印度教风格两种不同的建筑风格被自然地融成了一体。

艾伯克做苏丹不到4年就意外地死了，而此时，高塔才刚刚建了第一层。艾伯克的继位者继续建造，据说到1230年就建成了。但是，当时建成的高塔并不是我们现在看到的高塔。因为雷击、地震，还有统治者喜好的不同，高塔还重建、改建过好几次。老教授说历史是个小女孩，建筑又何尝不是呢？

至于高塔何以被命名为"库杜布塔"，还有故事。德里苏丹国的统治者大多是伊斯兰教逊尼派。但其实早在穆罕默德征服北印度前后，伊斯兰教苏菲派也跟着来了。德里苏丹国建立后，更多的苏菲派信仰者来到印度。苏菲派认为，真主是万物的创造者，崇敬真主不在于外部形式，而在于内心的信仰，在于对真主的爱及对作为真主一部分的每个生命体的爱。苏菲派与伊斯兰教的正统派，例如逊尼派和什叶派，存在很大的分歧，甚至被认为是伊斯兰教的异端，但它主要在下层群众中传教，主张宗教宽容，与印度教友好相处，在一定程度上又是有利于统治者的。因此，当高塔建成后，统治者为了笼络人心，就以当时苏菲派的一位圣徒库杜布·丁·巴赫提亚的名字来命名。

现在看到的高塔外观，底层高达29米，由三角形和半圆形的小柱子竖向密排而围成，塔的第二层是半圆形的小柱子，第三层是三角形的小柱子，都是竖向密排起来的，第四层和第五层主要用大理石建造，中间夹有红砂石。因为所有的柱子都是竖向密排起来的，而且整个塔身由下而上，高度逐层缩小，直径也逐层收缩，因此给人造成一种奋勇上升的强烈动感。塔内有397级台阶，据说盘旋而上可以直达塔顶的观景台。只是，印度朋友告诉我，曾经有一段时间，库杜布塔成了一些人自杀的首选地，塔内楼梯又非常窄小，曾经发生过踩踏事故，加上年久失修，游人现在已经被禁止入内了。而如果能够登上观景台的话，可以眺

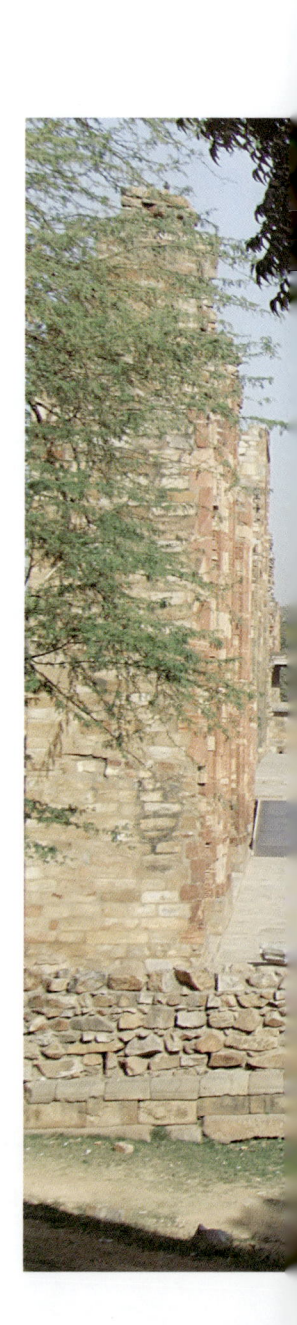

印度笔记

①库杜布塔旁边的清真寺主建筑，前面有一根大铁柱。
②清真寺仅存的石柱
③清真寺一角

望德里满城的绿色和亚穆纳河，会不由自主地生出"登高壮观天地间"的感慨。想想也真是，站到直刺云霄的库杜布塔的顶端，视野该是多么辽阔，景致该是多么壮观啊！这可真够让人遗憾的。

德里的库杜布塔

清真寺主院的全景。照片中间的那个大圆堆，就是那座没有建成的比库杜布塔更高的高塔的底层。

库杜布塔旁边清真寺的断壁残垣，其实也是非常值得一看的。那曾经应该是一座非常大的清真寺，有教读经书的课堂，有停留圣人的陵墓。最让人难忘的，是主殿仅存的石柱，让人想起了圆明园的大水法。什么都没有留下，只留下了石头。但是，这个清真寺留下的石头是红砂石，其中还夹杂着老教授导游也说不明白的七彩石头。石头上刻着美丽的花纹，还有阿拉伯文的《古兰经》的经文。

在石柱的前面，还立着一根高过5米的生铁柱，上面刻着梵文，据说已经有好几千年的历史了。印度朋友告诉我，如果一个人的两只胳膊反抱铁柱，两手能够相握，许愿就会非常灵验。只是近几年，为了保护文物，铁柱被围了起来，没有人能再尝试一下了。依教授的说法，这根铁柱，其实是说明了印度古代的铸铁业是多么的发达。可它到底是什么年代的产物，教授语焉不详，我听到的从六千年前到两千年前不等。

隔着清真寺，与高耸入云的库杜布塔遥相呼应的，还有一截硕大的土堆，其直径略大于库杜布塔的底层直径。据教授说，搞不清楚是哪朝哪代了，反正有那么一位君王，气不过前朝皇帝居然造起了那么雄伟壮观的一座高塔，立誓要建造一座超过库杜布塔的更高的塔。只是，他刚刚开工，就不知所终了，留下了一个大大的土堆，留给了后人一个大大的笑柄。

原来，印度也有"东施效颦"的故事啊！

戈尔康达城堡印象

《持羽毛的少女》，印度细密画（1675），源自戈尔康达城堡的收藏，萨拉尔·琼博物馆的收藏品之一。

印度是四大文明古国之一，历史遗迹比比皆是，就像散落的珍珠，远看星星点点，近看粒粒闪光，就比如位于安得拉邦首府海德拉巴市郊的戈尔康达城堡，那是一处非常值得一看的地方。

海德拉巴，位于南部的德干高原，是印度的第五大城市，文化古城之一。海德拉巴由穆斯林土邦王库杜布·沙五世（Qutub Shah）创建，是土邦王的王宫所有地。海德拉邦的景色非常秀丽，其建筑将印度、波斯和阿拉伯的艺术交融在一起，显示出独特的艺术魅力，戈尔康达城堡就是其中的代表作之一。当然，萨拉尔·琼博物馆也值得一看。

真正的戈尔康达城堡坐落于居城中心一个孤零零的小山包上，方圆3平方公里。戈尔康达城堡依山势而建。它最早是在11世纪由印度教的国王建立的居城。13世纪的时候，穆斯林攻克城堡。其间，还有波斯人的短暂占领。从1518年到1580年，前后花费62年时间，占据戈尔康达城堡的三代国王最终修成。

城堡建在海拔458米的高处，从内城墙到城堡内部的最高点，上下共有720级台阶。其内城墙的进门处，颇为讲究。城门之前不到十米的地方，有一堵厚重的远远宽于大门的墙，就像老北京四合院的影壁。只不过，四合院的影壁是建在门里面的，而戈尔康达城堡的"影壁"

①戈尔康达城堡远景
②戈尔康达城堡最高处

从戈尔康达城堡的最高处远眺海德拉巴市。

  是建在门外的。城门口的正上方,还有一个不大的圆洞。这些都是干什么用的呢?

  原来,冷兵器时代的印度,攻城的利器是箭,撞开城门的先锋是大象。有了那"影壁",就可以挡住远处射来的箭了。同时,大象撞门时需要有一定的速度和距离,有了那"影壁",大象助跑的距离就太短了,其冲击力和撞击力就小了。而城门顶上的那个圆洞,也正是对付大象或者是士兵的。当他们撞击城门时,守军就可以从那个洞口浇下滚烫的开水甚至热油,从而进一步杀伤攻城的人和动物。一走进城门,确实马上就可以看到紧挨城门左侧的大地炉,还有楼梯。据说,那就是烧开水和煮热油的地方。

戈尔康达城堡集印度、波斯和阿拉伯建筑风格于一体，甚至体现了当时的人们对声学原理和材料科学的高超运用，这是我对戈尔康达城堡印象最深的地方。

我们中国的长城有烽火台，那是古时候的信息台。一旦敌兵来犯，守军只要点燃烽火台上的柴草，消息便可以在顷刻间传送千里。而在戈尔康达城堡，人们找到了另外一种传递消息的办法。关于声音的传递，戈尔康达城堡的奥妙不止一处，所以我可以肯定，那不是巧合。

一进大门，站在门廊之下一块直径不到一米的圆石上，拍手鼓掌的声音可以传到远方61米高的城堡最高处。我们在登顶之后试听了，声音非常清晰。导游告诉我们，那个时候，戈尔康达城堡的守卫们不是单纯拍拍巴掌向上报告敌情的。门口守卫拍手有一套密码，不同的节奏、长短和组合，可以基本准确地表达各种意思。

戈尔康达城堡，是当时国王的居城，因此也同我们中国的故宫一样，有国王办公的地方，也有皇家生活的地方。办公的地方，自然有大大的宫殿。然而就是在通往宫殿正门的甬道上，任何人发出的任何一点声音都会被放大，仿佛是空谷回音一样。图谋不轨的臣子如果想在身上偷藏武器或者拔出武器，都逃不脱不远处人们的耳朵。

城堡里还有一个法庭。当罪犯站在一个指定的位置时，甚至其弹弹衣服上的灰尘的声音也会被放大N倍，变成"嘭嘭嘭嘭"的闷响。罪犯胆敢乱说乱动，顿时会被乱箭穿心。

更令人叫绝的是，国王虽然是权力最大的人，但也是"坐在火山口上"的人，随时都有可能被推翻。为了防止自己被暗算，国王在自己的寝宫下层，也就是有其贴身护卫站岗放哨、每天24小时警戒的小屋子里，也造出了一套传声系统。护卫的任何窃窃私语，都可以清晰地传到楼上国王的耳朵里。两个值班的护卫，如果对国王不满，哪怕是贴着墙壁小声讲话，受话者只要把耳朵贴在墙壁上，就能听清说话者的声音。这个，有点像北京天坛的回音壁。

除了声音的妙用之外，戈尔康达城堡对水也格外关注。海德拉巴处于德干高原，一年中只有7、8、9月三个月有降雨，而建立在孤独小山包上的戈尔康达城堡本身并没有水源。没有水，城堡何以固若金汤？更何况，海德拉巴一年的平均气温也不低。当时的统治者是这样解决问题的：

统治者们在外城墙和内城墙之间，挖出了一个大大的水塘，一年四季蓄满了水。时局好、天气好的时候，那个大水塘还是皇家的大浴池。当然，皇家的浴池自然有皇家的排场，那时，这个大水塘里会铺满玫瑰花瓣。有了大水塘之后，他们依山势分三级修了三个大蓄水池，每一级都通过人力把水提上去。中间用水管连接，而为了防止水管被破坏，这些水管都是埋在土里的。别说远处攻城的敌军看不到，近处的人，如果不明就里，也不会知道脚下正踩着城堡的生命水呢！在第三级，也就是最高级的蓄水池前，统治者们还修起了一道防箭墙，以防止外敌从远处把毒箭射进水池。

这第三级蓄水池，是紧贴着城堡外墙的，由水管接进城堡。在城堡内墙的拐角处，还有一个不大的蓄水池。引进来的水，要先由动物（如城堡内豢养的小羊）试喝，动物喝了没事，人才能饮用。

①从内城门到城堡的运兵道，这里也走国王的轿子。
②戈尔康达城堡埋在石头里的水管

印度大热天多，人们需要多喝水，也需要多洗澡。为了满足皇家的需要，在国王寝宫的侧面，还修有一个大"锅炉房"，专为国王和王后烧洗澡水。导游比画了一下，水从这里到那里，只是不清楚，这水是用管子通过去的还是由仆人提过去的。

看过了这些，心里不免想，这些个土皇帝，生性多疑，处处防备，可见地位不稳，不知道是怎么坐上皇位的，但都挺会享受的，没准还是些骄奢淫逸的家伙。这还真不是我们瞎想，因为导游还告诉我们一个掌故：上下 720 级台阶，对皇帝来说很辛苦，于是他就备下了一班专为他抬轿的人马，其中还有侏儒。上台阶的时候，前面两个侏儒，后面两个正常人，轿子就平了。下台阶的时候，反过来。走平地的时候，则用一样高矮的人。

同历史上的大多数故事一样，戈尔康达城堡的故事里也有爱情。临近 16 世纪末的时候，水缺乏的问题越来越困扰住在戈尔康达城堡里面的人。没办法，库杜布·沙王朝的皇帝决定要在临近水源的地方另建一座新城。他选择了离戈尔康达城堡不远的一个地方，因为那里离穆西河只有 11 公里，更重要的是，他爱上了那里一个名叫巴吉娅玛蒂（Bhagyamati）的姑娘。他娶了她，并以新娘的名字命名了这座新城——巴吉娅纳加尔（Bhagyanagar）。这个新城名，还有一个意思是，这是一个多民族、多语言和多文化混杂的城市。这里有泰卢固人、泰米尔人和乌尔都人等。等到英国殖民者开始统治印度时，这个城市名对殖民者来说，实在有点太难记了，他们索性就将其意译为海德拉巴（Hyderabad），其前面的"Hyd"是英文混血、杂交一词的前缀部分，从中也可以看到英国殖民者内心对这个地方的鄙视和轻慢。

坚不可摧的戈尔康达城堡在 1687 年遭到莫卧儿王朝军队的进攻，莫卧儿王朝军队围攻内城 8 个月仍没有得手。最后，他们成功收买了一个守卫城门的士兵，里应外合，终于攻占了城堡。这个士兵本想因此而得到巨额的赏赐，但没有想到，莫卧儿王朝军队一冲进大门，首先

胜利门边上的小花园

就杀了他。以后，这座由贿赂打开的墙门，被他的新主人称为"胜利门"。

1999年，戈尔康达城堡被联合国教科文组织定为世界文化遗产。管理委员会为了更好地保护和开发这个珍贵的历史文化遗产，在城堡内增加了夜晚的声光表演。据说，各种不同的声光效果造出的是一个魔幻的世界。

不知不觉，在导游精彩的讲解当中，一个多小时过去了。但是，还有很多疑问不解，还有很多奥妙待发现，还有更迷人的声光表演没有时间观看了。所以，最好在下午的时候去参观戈尔康达城堡，直到声光表演结束再离开。那样，就没有遗憾了。

土邦与萨拉尔·琼博物馆

要是有机会到访印度的海德拉巴，要是已经游览过了那里最著名的戈尔康达城堡，要是还有时间，那么，就一定要再去参观参观萨拉尔·琼博物馆，那是一个非常直观地了解印度历史上名噪一时的土邦的地方。

历史上的印度，外族入侵和列国纷争的分裂局面要远远多于统一的局面，甚至可以说，印度历史上从未实现过国家的完全统一，也从未建立起过强大的中央集权统治，一个个小封建王国星罗棋布地散落在南亚次大陆、曾经属于印度的土地上。

1498年，葡萄牙航海家瓦斯科·达·伽马率船队绕过好望角到达印度的西海岸，开通了欧洲直达印度的海路。以后，荷兰、法国和英国的商人与冒险家接踵而至。1600年，获得伊丽莎白女王特许状、享有好望角以东贸易垄断权的英国东印度公司（British East India Company）宣布成立。在逐渐排挤葡萄牙、荷兰和法国势力的同时，东印度公司还趁当时统治印度的莫卧儿王朝分崩离析之际，加紧在印度建立自己的殖民统治。东印度公司，名为公司，实际上是拥有强大军事力量且真正统治大片印度领土的权力机构。

在这个过程中，东印度公司主要采用了军事征服和建立附属国两种手段，因而也就相应地产生了两种统治形式：直接占有的殖民地和间接统治的附属国。前者就叫"英属印度"，后者就叫"印度土邦"。

印度土邦，实际上脱胎于莫卧儿王朝没落之后那些自己扯起山头的小王国。本来，英国殖民者对建立附属国并没有多大的兴趣，只是把其视作其征服过程中采取的权宜之计，最终是要把它们纳入殖民地的。但是，由于在征服的过程中不断遇到人民的起义和封建主的反叛，英国殖民者开始认识到：与其兼并所有地区，不如保留一些王公，让他们在英国的监护下继续统治。这有两个好处：一是既可以控制老百姓，又可以缓和封建主的情绪；二是让众多王公、封建主同时并存，可以形成相互牵制的局面，有利于公司分而治之。而且，莫卧儿王朝分裂得如此细碎，一些弱小的王国根本就不需要用武力征服。

公司与这些附属国的王公们签订了各种条约，名义上它们是"盟国"，与东印度公司处于平等的地位；实际上，这些附属国军事、外交等方面的所有重要事务都要经东印度公司的批准，甚至王位继承也要经东印度公司批准，东印度公司驻扎官就是"太上皇"。至于经济上的贡赋就更不要提了。例如，最常见的一项条约就是《资助同盟条约》，又叫《军费补助金条约》。主要内容就是：英国军队驻扎在该国，承担该国的防御任务，该国则承担其全部费用，或由该国划出一片土地给公司作为费用的来源。

王公们不是一开始就接受这种安排的，一些大的王公们还曾单独或联合起来武装反抗过东印度公司的征服，但随着他们的战败，与东印度公司订立附属国条约的王公慢慢地多了起来，仅在1818～1823年短短五年间，就有300多个王公与公司订约。

当然，这些附属国在内政方面还是有一些自主权的，也就是这一点，才让这些附属国与公司直接统治的地方——"印度土邦"与"英属印度"——有了一些区别。

到1849年东印度公司完成对印度的征服时，全印共有554个土邦，人口和面积分别占到全印的1/4和2/5。土邦数目后来有些变化。20世纪二三十年代，英国政府委派的土邦调查委员会报告，当时的土邦数是562个。1941年印度进行人口普查，当时得到的土邦人口数为9319万，占当时全印 38898 万人口总数的 24% 左右。印巴分治前，各土邦领土总和约为 183 万平方公里，占当时全印约 409 万平方公里总面积的 44.3%。印巴分治时，土邦的归属成为当时印度和巴基斯坦自治领争夺的焦点之一，至今仍然纷争频仍的克什米尔问题就是在那个时候出现的。

莫卧儿王朝崩溃之后，海德拉巴最终也变成了一个"土邦"。统治这个土邦的王公是莫卧儿王朝的旧部，称号为"尼扎姆"，是一个穆斯林。到印巴分治时，土邦海德拉巴是所有土邦中人口最多的一个，约有 6000 万人，面积在所有土邦中居第二位，达 82698 平方公里。土邦海德拉巴一度也想成为一个像印度、巴基斯坦一样的自治领，但尼扎姆的军队实在是不堪一击，印度军队很快就用武力征服了尼扎姆，土邦海德拉巴加入了印度自治领，尼扎姆的王公地位则被保留。

除了克什米尔，所有土邦都有了归属。但是，新独立的印度联邦不能是一个民主体制和封建王朝体制的混合体，散布在印度各地的土邦分别占到印度总人口和总面积的 1/4 和 1/3，这对国家发展是不利的，对中央政府有效管理国家也是不利的。印度政府对取消土邦采取了分步走的办法：

第一步是进行土邦合并。这一步，用了两年多时间（1947 年底～1950 年初）办到了；

第二步是从根本上取消土邦。这一步，同第一步差不多是同时完成的，是制宪会议在制定印度宪法的过程中，由规定全国的行政区划而顺带完成的。制宪会议于 1946 年 12 月 9 日召开第一次会议，新宪法的各条款于 1949 年 11 月 26 日和 1950 年 1 月 26 日先后生效。土邦没有派代表参加制宪会议，因为王公们反对国大党提出的民选要求而未能产生分派给土邦的 93 名代表，制宪会议的总人数是 385 名。宪法规定，所有王公都可以得到一笔年金，其数额按其原来的收入确定。全部王公的年金为 5800 万卢比，最高的就是海德拉巴的尼扎姆，其年金为 500

萨拉尔·琼博物馆外景

万卢比。宪法还规定，王公们原先在经济上、礼仪上所享受的特权都原样保留。

  第三步，也就是取消王公的年金和特权。1971年12月，英迪拉·甘地政府向议会提出了相关的宪法修正案，在议会两院都得到了2/3以上的多数票通过。至此，土邦在印度才算是寿终正寝了。

  位于海德拉巴的萨拉尔·琼博物馆，听名字，不叫"尼扎姆"博物馆，不是关于海德拉巴土邦王的。的确如此，萨拉尔·琼博物馆展示的是阿里·汗家族的收藏品，这个家族曾经有5个人担任过尼扎姆的首相，其中最有名的三位分别被称为萨拉尔·琼一世、二世和三世。萨拉尔·琼博物馆实际上就是土邦海德拉巴尼扎姆的首相萨拉尔·琼的家族收藏品博物馆。通过参观这座博物馆，人们不仅可以了解印度土邦的历史、特点，而且还可以了解土邦海德拉巴的统治者们曾经是多么地富有豪奢。不过，这个家族的主要收藏都是由萨拉尔·琼三世完成的。

萨拉尔·琼三世，原名优素夫·阿里·汗，1914年被尼扎姆任命为首相，1949去世，享年60岁。萨拉尔·琼三世一生没有结婚，他把他对这个世界所有的爱都寄托到了艺术品收藏当中。他的宫殿挤满了来自世界各地的艺术品贩子，他在印度之外设有艺术品采购代理，他在外出旅游时从不忘记顺带买回他钟爱的物件。当然，他也资助诗人、作家和艺术家的活动。他狂热地收集他所能得到的一切，他最后收购的一套象牙桌椅是在他去世之后才运到海德拉巴的。

《骑马的贵人》，印度细密画，作于1680年前后，萨拉尔·琼博物馆的收藏品之一。

《坐在山坡上祈祷的贤士》，印度细密画（1750～1760），
萨拉尔·琼博物馆的收藏品之一。

没有直系继承人的萨拉尔·琼去世后，印度政府任命了一个委员会来接管他的收藏品并据此开设了博物馆，那是1951年12月的事情，当时的印度总理尼赫鲁还出席了开馆仪式。以后，根据印度法律，委员会几经变化，原址就设在萨拉尔·琼故居的博物馆也迁到了现在这个地方。

现在的博物馆，分成印度艺术品、中东艺术品、远东艺术品、欧洲艺术品和儿童部五个分馆。萨拉尔·琼博物馆的藏品实在太丰富了，目前一次在五个馆同时展出的只占其全部藏品的1/4。这也从另一个侧面证明：土邦的贵族们曾是多么地富有；他们的生活又是多么地奢华。

博物馆是不许拍照的，在这篇小文章里附上的，只是博物馆方面翻拍的萨拉尔·琼博物馆收藏的几幅印度细密画。咱们中国不是有一句老话，叫"百闻不如一见"吗？争取找个机会自己来看看吧！

卡久拉霍寺庙远景

卡久拉霍寺庙近景

以性爱雕塑闻名的小镇卡久拉霍

  卡久拉霍是印度的一座小镇，位于德里的东南方，属中央邦查塔普尔县，离德里约 600 公里。据说，这座小镇布满婆罗门教和耆那教寺庙，其雕饰将神话题材和世俗题材，尤其是性爱题材，融为一体，颇为惊世骇俗，1986 年被联合国教科文组织列入《世界文化与自然遗产保护名录》。

  还是先从印度历史和卡久拉霍这个地方说起吧。公元 7 世纪中叶之后，印度北部地区列强争霸，其中一支重要力量是拉杰普特人，这是一支由入侵印度的雅利安人与原住民长期融合而形成的封建王族，笃信印度教，酷爱自由，骁勇善战，但内部不团结，家族之间纷争不断，常常

卡久拉霍寺庙中景

兵戎相见。现今多数的历史学家认为，大约是在公元9世纪的时候，拉杰普特人中的一支，也就是由昌德拉瓦尔玛王（King Chandravarman）领导的家族建立了昌德拉王朝（the Chandellas），其都城就设在卡久拉霍。王朝的都城本没有名字，但因为有两株非常茂盛的金色的枣椰树（the Khajur）拱卫着城门而得名卡久拉霍（Khajuraho）。

相传，昌德拉瓦尔玛的母亲少年成婚，很年轻时就守了寡。在她16岁的时候，鲜花盛开，出落成了远近闻名的大美女。一个夏夜，她热得睡不着，老觉着有什么事情，于是就到一个莲花池去洗澡。月明星稀，池水闪烁，她美丽的胴体一下子就把月神昌德拉玛（the Chandrama）迷住了。他下凡来到人世，紧紧地抱住了她，打动了她，融化了她。一整夜，他和她都在做爱，直到黎明将至，月神不得不离去。她舍不得月神走，就骂他，于是，月神说："别骂我，可爱的人儿。高兴一点吧，因为你将孕育一个国王。他将无比强大，统治整个世界，他的子孙将成千上万。"

"可是，我未婚生子，将名誉扫地。"

"别怕，可爱的人儿。你的儿子将在16岁的时候成为国王，并为你洗掉耻辱。"说完这番话，月神便消失了。

但是，当他的儿子出生时，月神还是遍邀诸神前往庆贺，并给新生儿起名昌德拉瓦尔玛。昌德拉瓦尔玛不负众望，勇敢果断，浑身都充满了力量。16岁的时候，他用石块打死一只老虎和一头狮子，顺顺当当地当上了国王。他为自己的母亲建造了85座寺庙，借此来为母亲正名。不过，这85座庙宇，现在保存下来的只有22座，分布在方圆6平方公里的范围内，分东、西、南三大群落，其中西群的寺庙最多，保存得也最好。

实际上，据考证，这22座寺庙建造于9~13世纪，也就是昌德拉王朝的鼎盛时期。虽然绵延几百年，但这些寺庙的建筑风格却基本相同：在高高的基座上建起装饰繁复的主建筑，顶部是集束形带曲线的尖塔。这些寺庙都是用红砂岩的石块垒起来的，最高的有 35 米，没有糨糊，更没有水泥。导游说，这是聪明的昌德拉王朝工匠们使用的一种特殊工艺：联锁技术（the interlock system）。他还找到一个缺损处专门给解释，我一看，明白了，这个"锁"其实就是中国木匠活儿里的那种"榫"。

这些寺庙的外墙布满了雕饰，其内容几乎无所不包：宗教故事、生活场景、战争、人物和动物等，但出现次数最多的是女人，最令人称奇的是性爱和性交姿势。而正是这些性题材的雕刻使卡久拉霍名扬天下。至于为什么会出现这些雕刻，众说纷纭。

一种说法是，男人和女人的交合是天人合一、神灵合一的最好的表现形式。

一种说法是，昌德拉的国王们都荒淫无度，他们雕刻这些是为了满足自己的欲望。

照片正中间的女子正在伸懒腰呢，"她的臂饰非常精美，最令人称道的是，她穿着短裤嘞。相比之下，超短裙出现得可就太晚了。现在的时装算什么？看看一千年前的昌德拉人吧。"这也是导游说的话。

印度笔记

①印度人喜欢光脚,此雕饰中的女主人是个贵妇,她的发髻曼妙无比。她正在侍女的帮助下拔掉扎进左脚的棘刺。"看她侍女挎的小包包,好漂亮,堪与路易·威登牌的坤包相比,是不是?"这是导游自豪的夸耀。

②照片正面有四组人物。最左面的是一个女子,正对着镜子点发尖处的红痣,这是印度妇女传统的装饰。左二则是国王,他气宇轩昂,头顶的皇冠说明了他的身份。左三又是一个女子,还没有睡醒呢。至于右一,就不用解释了。

①两个相爱的人紧紧地拥抱在一起,一旁的侍女羞得捂住了眼睛。
②这是卡久拉霍性题材雕饰的代表作之一。没有瑜伽功夫,没有侍女相扶,这样的性交难得愉悦。可惜,我们参观的时候,这里正在维修。

一种说法是,这是为防止雷雨神毁坏寺庙而特意雕刻的。因为雷雨神因陀罗(IndraLord of rain and thunder)有窥阴癖,看到这么多他喜欢的图案就不会下太多的雨淋坏这些寺庙了。

一种说法是,这是一种对宗教信仰者自我控制力的考验。站在如此汪洋恣肆的雕饰面前,一个前来敬神以期得到神佑变得纯洁纯粹的人,只有心神不乱才能修得正果。

一种说法是,这代表了印度教中的一个流派的宗教思想。这个流派,将性交看成了一种宗教性的仪式,认为瑜伽(Yoga)代表精神的修炼,博伽(Bhoga)代表身体的愉悦,二者都是通向同一个目标:摩克沙(Moksha),也就是自我救赎的不同方法。根据这种理论,人可以从性交所带来的愉悦中获得救赎。

一种说法是,这代表了印度传统中人生的一个奋斗目标:性爱。性爱是最富于激情也是最完美的人生享受,"爱"是与生俱来的,可以无师自通,但"性"却是必须经过学习才能掌握的。因此,卡久拉霍的雕饰也就是石刻版的《爱经》(Kama Sutra),是教育婆罗门男孩如何成长为男人的。而寺庙是人们最常去的地方,也就是最合适的教育场所了。这《爱经》有点像咱们中国的《素女经》。

印度人的性爱观念，我还搞不太懂。据我所知，印度的圣人大多是禁欲的，我们大家都知道的"圣雄"甘地，37岁那年便断然立誓禁欲，最后修炼到与年轻的侄孙女同床就寝亦无邪念的境界。

　　在印度，大街上很少见到恋人相拥而行的，更没有像那些众目睽睽之下打情骂俏、热烈拥抱接吻的年轻人。如果不是亲眼所见，根本无法想象，远在一千多年前，也就是在这同一块土地上，居然有如此密集的、坦荡的、放纵的性爱雕刻！

　　这真是一个神奇的国家！

鬼斧神工两石窟

在印度西部马哈拉施特拉邦,有两处堪称历史、宗教和建筑教科书的世界文化遗产:阿旃陀石窟和埃罗拉石窟。初到印度,如果已经游览了北部的德里—阿格拉—斋浦尔这个"黄金三角",那么,下一个行程,一定要选择这两个石窟。

修建阿旃陀石窟的历史本身,就是一部活生生的佛教在印度兴盛和衰亡的历史教科书。佛教兴起于印度,但在印度早已失去了重要地位,佛陀释迦牟尼甚至已经被印度教教徒视为印度教三大神之一的湿婆的第七个化身。从公元前2世纪到公元6世纪的八九百年时间里,古印度虔诚的佛教徒兼工匠们在瓦格拉河畔(Waghora River)一个呈"U"形的峡谷深处,沿着崖壁开凿了29个洞窟,这就是阿旃陀石窟。我国唐代高僧玄奘曾经游历此地,在《大唐西域记》里描述过其盛景:

爰有伽蓝,基于幽谷;高堂邃宇,疏崖枕峰;重阁层台,背岩面壑。

随着佛教在印度的衰落,石窟被人遗忘,渐渐地被流沙、泥土和植物完全覆盖了。直到1819年,英国殖民军马德拉斯军团的士兵约翰·史密斯到此猎虎,枪响之后没有命中,受惊的老虎渡过瓦格拉河仓皇逃窜。史密斯为寻找老虎踪影而拿起望远镜仔细观察河对岸的悬崖峭壁,不经意间,发现了一些看起来像是建筑物的东西。无法释怀的史密斯将此发现告诉了海德拉巴土邦王，土邦王于是下令出动大批人马去探个究竟。在铲除了崖壁上茂密的杂草和藤蔓之后，崖壁半腰上的石窟在沉睡了一千多年之后终于重见天日。没有射中老虎的史密斯居然变成了古代印度最伟大文明的发现者。

这是印度文明的幸运还是不幸？伟大的印度古代工匠创造了辉煌灿烂的佛教文明，却被印度人自己遗忘了。是中国唐代高僧玄奘用文字记录了下来，是英国殖民军的一个小兵又重新发现了出来，并最终由《大唐西域记》的文字记录所证实。难怪有人说，就印度文明史而言，是由印度人创造，英国人发现，中国人记录并证实的。其实，这话有失偏颇，历史可以白纸黑字代代传承，也可以用石窟、壁画、雕刻等建筑的形式流芳百世。

阿旃陀石窟，仔细地观赏，可以分成两部分。一部分是公元前2世纪到公元前1世纪的佛教岩画，一部分是公元5世纪到公元6世纪的佛教洞窟。也许当年在开凿的时候并没有什么规划，游客现在看到的从1到29的石窟编号只是从入口处，也就是从"U"形左上角逶迤铺排开来的石窟的序号而已，而且，游客现在所走的通道也是在石窟被发现之后修建的。所以，参观阿旃陀石窟，一定要找一个真正懂行的导游，或者一定要做好"家庭作业"。

也许是开头和结尾最让人难忘吧，阿旃陀石窟的1号窟以壁画见长。在管理员的指挥下，我们脱掉鞋子，一批接一批地光脚排队入场。如果没有管理员手中的照明灯，石窟里暗无天日。两千多年过去了，抬眼跟随着管理员手中的照明灯望去，只见1号窟是一座硕大的厅堂，最里面的佛陀座像似乎正巧被窟外的阳光隐隐地照射到，发出暗暗的神光。各种佛陀的画像造型生动，色彩斑斓。不仅如此，石窟顶部的各种纹饰也是浓墨重彩，想象瑰奇。

1号窟最有名的壁画是《手持莲花的佛陀》。佛陀头顶精美的镶嵌了很多宝石的高冠，长长的耳垂、饱满的颈部和柔美的腕部都戴着闪闪

远眺阿旃陀石窟

发光的饰物,颈、腰和臀部呈优美的"S"形曲线,右手轻持一朵洁白的莲花,双目低垂,若有所思。整个造型曼妙优美,宁静和谐,让人沉醉。阿旃陀石窟的壁画是如此引人入胜,据说国画大师张大千曾经在此临摹3个月,画艺得以精进。

印度笔记

120

①阿旃陀石窟壁画
②阿旃陀石窟1号窟最有名的壁画——《手持莲花的佛陀》

①②阿旃陀石窟局部
③阿旃陀石窟中最早的礼拜窟，舍利塔没有任何具像。
④阿旃陀石窟的雕刻

书上说，导游也说，阿旃陀石窟一共有 29 个，但我们实际上只看到了 26 个。第 26 个，也就是我们看到的最后一个，以雕刻见长，一进去便看到了一尊长约 7 米的卧佛。大概因为都是石头，比较不怕光照吧，管理者在这个石窟里安装了照明设备，因此，这个不大的石窟里大大小小的佛像让人看得好过瘾。

据介绍，虽然建造的时间有先后，每个石窟的大小和形态也各不相同，但阿旃陀石窟有一个特点，就是把修行用的、具有寺庙功能的"礼拜窟"和僧侣们生活居住的"居住窟"区分了开来。居住窟里有僧侣们的个人空间，可以看到一张张用岩石雕成的长方形卧床。礼拜窟里有舍利塔，而且，从舍利塔的形制上可以看出佛教本身的沿革——最早的舍利塔，也就是公元前"小乘佛教"时代，舍利塔就是座简单的圆形塔，没有任何装饰；到了"大乘佛教"时代，舍利塔正面有了巨大的佛像，但早期的佛像，佛陀的两腿是自然下垂的，后来变成一腿盘起一腿下垂；再到最后，佛陀两腿盘成了莲花坐像。佛像也即佛教信仰在几百年间的流变，被阿旃陀二十几个紧紧相邻的石窟同时呈现出来，怎么能不让人流连忘返、叹为观止呢！

如果说，阿旃陀石窟已经让人看得目不暇接、久久不愿离去，那么，再接着去看埃罗拉石窟的话，一定会目瞪口呆，惊为神来之作的。

同阿旃陀石窟一样，埃罗拉石窟也是依山（Charandari Hill）而建的，距阿旃陀石窟西南约 123 公里，南北绵延近 2 公里。埃罗拉石窟开凿的时间要晚于阿旃陀石窟，开始于公元 3 世纪，于 14 世纪时完成。与阿旃陀石窟单一的佛教文明不同，埃罗拉石窟集中了佛教、印度教和耆那教三种文明。还有一点不同的是，阿旃陀石窟似乎是真正地不折不扣的石窟，所有的建筑都是从崖壁上挖进去、掏空了山体而修造的，是只有一个出口的洞窟；而埃罗拉石窟虽然也是沿着山崖建造的，但更准确地说，是背依山坡而开凿的，大概是先凿出一个大坑，然后再拓进，因而是开放的、敞亮的。

埃罗拉石窟基本上都是供礼拜用的寺庙，共有 34 座。其中，佛教石窟在最南端，共有 12 座；印度教石窟居中，共有 17 座；耆那教石窟在最北端，共有 5 座。埃罗拉石窟的标号由南向北开始，其修建的时期也大致依次由远而近。因此，走完这 34 座石窟，大致也就可以看完佛教、印度教和耆那教在印度的兴盛简史了。

12 座佛教石窟与阿旃陀石窟有异曲同工之妙，佛陀像越来越大、越来越端庄，石窟也建得越来越壮观、越来越复杂。第 4 窟就已经是一个双层窟了，第 12 窟甚至是一个"三层窟"：第 1 层是休息的地方，相对简单一些；第 2 层是一个 35 米长 21 米宽的大厅，其横平竖直的几十根大石柱让人不由得心生钦佩；第 3 层最华丽，两侧壁上各有七尊佛陀像，一侧表现了正在传道的佛陀，一侧表现了正在冥想的佛陀。之所以取"七"是因为佛教徒们相信，佛陀每 5000 年现世一次，迄今为止已现世 7 次了。

第 13 号到第 29 号石窟，是献给印度教的石窟。印度教的神灵很多，但埃罗拉石窟主要供奉的是湿婆神。其中，让人心跳加快、进而不能呼吸的是第 16 号石窟——凯拉萨那塔神庙（Kailasanatha Temple）。公元 757 年，拉施特拉古塔王朝的国王克里希纳一世（Rashtrakutaking Krishnal）下令开始建造，意欲把湿婆神在群山中的住所凯拉萨山（Kailasa）复制下来，以供礼拜。所以，第 16 号窟也简称为凯拉萨神庙。凯拉萨神庙不同于通常从底部向上雕造的寺庙，它是从一座巨大的山顶开始向下层层挖凿的，去掉不要的岩石，剩下的就是神庙。整座神庙纵深达 96 米，最宽处达 51 米，最高处达 36 米，仅入口处就长 50 米，宽 33 米，高 29 米，共削去 85000 立方米的岩石，至公元 957 年，也就是历时两百年方告完工。

走进凯拉萨神庙的大门，人的眼睛根本不够用，嘴巴也会跟眼睛一样，睁得圆圆的，一时合不拢来。凯拉萨神庙的主体有大门，两层的难提殿、主殿和中殿，中间有天桥连接，这个主体位于神庙的中心位置，

①②埃罗拉石窟局部

使神庙形成了前后左右相互对称的格局。除大门之外的其余三边，环绕着凿入山体的偏殿。整个建筑气势恢宏，造型华丽，并且遍布雕像，神像、动物像个个栩栩如生，观察细部则可以感觉到精美纤巧、生动有趣。凯拉萨神庙不仅是印度，而且也是世界建筑史上的奇迹。徜徉其中，让人频频自问：愚公移山这个神话在印度，即是现实。是什么力量让一代又一代的古印度人，一刀一锤，精雕细刻，硬是把一座石山变成一个壮观而华美的神庙？这是何等的信仰，何等的虔诚，何等的意志啊！

离开凯拉萨神庙，在去看耆那教神庙的路上，心里又有了一点疑惑：佛教寺庙的出现要早于印度教寺庙，其存在于埃罗拉石窟的寺庙群中，还是可以理解的。那么，在已经有了登峰造极的凯拉萨庙之后，耆那教的寺庙又何以立世呢？肯定有其过人之处吧。一看之下，果真如此。如果说，以凯拉萨庙为代表的印度教寺庙以其气势取胜的话，那么，耆那教的寺庙则以精美繁复取胜，裸体的耆那教创始人大雄及其各种配饰被雕刻得细致入微、气宇轩昂、超凡脱俗，不由得让人心生敬意。

埃罗拉石窟著名的雕刻：正在下棋的湿婆夫妇。

世界各地僧侣来埃罗拉石窟参观。

同行者中，有人已经是第三次到石窟来参观了。古人云："读万卷书，行万里路。"在印度这样的少有文字记载的文明古国，此言极是。

①②耆那教石窟雕刻

下编

今 事

印度的潘查雅特制度

近年来，印度到处宣称自己是世界上最大的民主国家，其"民主"的标尺之一是普选制度。其实，印度还有一杆特有的、印度人特别引以为豪的"民主"标尺，那就是潘查雅特制度。

潘查雅特，是英文"Panchayat"的音译，实际上是"评议会"的意思。因为这是印度所特有的，所以人们不用意译，而用音译来称呼它，可能更让人印象深刻吧。

潘查雅特制度，在印度历史上根深蒂固，甚至影响到了古代印度人的社会生活和日常生活。孔雀王朝时候，农业发展受到重视。农村中的基本结构是村社。村社头人由村社全体成员会议选出，接受政府任命，成为村长，负责收税，也负责村社的行政管理。村长之下，设有由长老们组成的潘查雅特，处理各种事务。至莫卧儿王朝时，农村的管理仍由村长和村社选出的潘查雅特负责。

印度宪法并没有对潘查雅特作过具体的规定，但《宪法指导原则》（The Directive Principle of the Constitution）在论及农村基层政权的形式时，提出：各邦有义务组织农村潘查雅特，使之担负起村一级行政机构职能。在该原则的指导下，印度各邦都在建立健全潘查雅特方面做了一些工作。随着印度社会的发展，特别是农村建设的发展，政府又逐渐感觉到：县一级政权机构的薄弱是农村发展的一个突出问题。1956年，政府根据B.梅塔调查委员会的建议，决定在全国建立县、乡、村三级结构的潘查雅特体制，即村级潘查雅特、乡级潘查雅特和县级潘查雅特。但这个决定最初并不是强制性的，而且一项非常规原则。印度各邦又先后通过各自邦的相关法律来加以推行。直到1992年，印度国会通过了第73项宪法修正案，潘查雅特才成为必须在印度全国实施的法律制度。潘查雅特体制，现已成为印度政治体制当中最有特色的一个部分。

2005年7月，我到离加尔各答大约100公里的地方，实地考察了解了西孟加拉邦的潘查雅特体制。西孟邦关于实施潘查雅特体制的法律（The West Bengal Panchayat Act）通过于1973年，据称是目前印度各邦中实施得比较好的邦之一。

潘查雅特，简单地说，就是印度农村的基层政权体制。它是一个三级体制，每五年选举一次。

村级潘查雅特（the Gram Panchayat），这是潘查雅特体制最底层、也可以说是最基层的结构（the Lowest Body）。它由几部分人组成：一是由村民直接选举产生的，二是上届被选进村级潘查雅特并进入乡级潘查雅特的。一个村级潘查雅特有1/3的席位是专为妇女而保留的，同时还要为社会的弱势群体，如印度特有的表列种姓和表列部落，保留席位。每一个村级潘查雅特设有一位主席（the Pradhan），五个委员会（the Upa-samity），后者分别由一位主任（the Sanchalak）领导。这些职位都是选举产生的。每个委员会负责某一关系农村发展的特殊领域，每年召开一次年度会议，根据选民的要求制定《年度行动计划》（an Annual Action Plan），每年可以支配不超过25000卢比的财政预算。这五个委员会分别是：财政和计划委员会，农业发展委员会，教育和公共卫生委员会，妇女、儿童和社会福利委员会，工业和基础设施委员会。

乡级潘查雅特（the Panchayat Samity），这是潘查雅特体制的中间层（the Intermediary Body），主要由选举产生，也包括上届县级潘查雅特的成员和本乡的立法会议成员。下设一位主席（the Savapati）和十个常设委员会。常设委员会由一位主任（the Karmadhakshya）和五位委员领导，他们也都是选举产生的。同村级潘查雅特一样，乡级潘查雅特不仅为妇女保留了 1/3 的席位，而且也为社会的弱势群体保留了席位。每个委员会每年可支配的预算额度为 10 万卢比。这十个委员会分别是：财政、组织、发展和计划委员会，公共健康和环境委员会，公共劳动和运输委员会，农业、灌溉和合作委员会，教育、文化、信息和运动委员会，儿童与妇女发展、公共福利和减灾委员会，森林和土地改革委员会，渔业和牧业发展委员会，食品和供应委员会，小企业、电力和非传统能源委员会。

县级潘查雅特（the Zilla Parishad），这是潘查雅特体制的最高层（the Apex Body），仍由两部分人组成：一是各乡级潘查雅特的成员，二是本县的立法机构成员和由本县所在选区选出的国会议员。下设一位主席（the Savadhipati）、一个常设委员会（the Karmadhakshya）和与乡级潘查雅特相对应的相同名称的十个委员会，这些职位都是选举产生的。县级潘查雅特主要负责审定由村级潘查雅特制定的《年度行动计划》，动用各种资源付诸实施并在实施过程中进行监督。

这三级潘查雅特的活动经费主要来自国家财政拨款，但处于最底层的村级潘查雅特也可以通过依法收取土地税、土地使用税等方式来获得活动资金。我去考察了解的一个乡级潘查雅特，叫钦素拉·莫格拉（the Chinsura Mogra Panchayat Samity），下有 10 个村级潘查雅特，在上一个财政年度，共收税 3430288 卢比。该乡现有 194411 人，也就是在这一项目上人均纳税不到 17 卢比，约合 0.4 美元。

潘查雅特从其法律地位上来说，主要是村民自治机构。因此，印度各邦政府仍然在各县设有县长和治安长官，由邦政府任命。与乡级潘查雅特平行的，也有政府的行政机构。钦素拉·莫格拉乡的国家行政机构有约 50 名国家公务员，其中有 6 位工程师，专门具体负责各《年度行动计划》的实施。

西孟邦德瓦南达普尔村潘查雅特（the Devenendapur Gram Panchayat）集会

印度是一个农村人口占总人口绝大多数的国家，潘查雅特体制的建立健全意义重大，印度自己为此非常自豪，认为它是印度民主的"奠基石"之一。

首先，潘查雅特体制为最基层的民众当家作主提供了切实的机会，有助于社会和谐进步。村级潘查雅特由全体村民选举产生并决定本村发展的大政方针和主要项目，基本上能代表村民的利益，反映村民的要求，使普通群众参政议政、甚至发泄其不满，都有了法律保障的渠道。印度每次大选的投票率都很高，这与其绝大多数选民来自农村、习惯选举、政治热情和参与积极性高有很大关系。

其次，潘查雅特体制为国家政权加强管理、动员群众，提供了强有力的纽带。印度县以下的农村地域辽阔，如果仅由邦政府任命几名县级官员来进行管理，难免挂一漏万。而三级潘查雅特体制的建立，并辅之以不大的行政机构，则弥补了这个缺陷，且符合"小政府、大社会"的"民主"要求，因此印度官方和学者大多认为，这是印度行政体制的一项重大创新。

最后，潘查雅特体制是加强对行政权力进行监督的有效途径之一。潘查雅特作出的发展农村各项事业的决定，最后都是由国家行政权力来付诸实施的。而国家行政权力在实施的全过程，都受到了潘查雅特的关注和监督。由于这些项目关系到村民的切身利益，并且都是发生在身边的事情，这种监督通常是非常有效的。

但是，潘查雅特体制目前也存在一些问题：

一是在印度全国发展不平衡。西孟邦、喀拉拉邦等是少数实施得比较好的邦，而有的邦则推进得较慢。不久前，北方邦进行潘查雅特的选举，还出现了暴力事件。

二是潘查雅特，特别是村级潘查雅特还存在一定的局限性。被选进村级潘查雅特的人，往往是一个村子里年龄最大的人、种姓较高的人、宗教领袖或宗族头人，其作出的某些决定不一定符合全局利益和长远利益。2005年6月15日，印度很多报纸的头版显著位置刊登了这样一条消息：北方邦西部的一个村子里，一名叫伊姆拉娜的妇女遭公公强奸。村潘查雅特在得知案情后，作出决定：伊姆拉娜立即搬出夫家，她与丈夫努尔的关系不再是夫妻关系，而应该是"母子关系"，因为她与努尔的父亲发生了性关系。伊姆拉娜在外面待满7个月零10天之后，可以

①西孟邦的农村妇女
②安德拉邦克萨瓦拉姆村（Kesavaram）的孩子们

换回自己的"贞洁"和自由，可以同除努尔之外的任何一个人结婚。这一事件在印度全国一时掀起轩然大波，也从一个侧面证明了潘查雅特存在的问题。

三是潘查雅特体制的实行给政府机关的推诿、扯皮、低效、腐败提供了可能。潘查雅特的政治功能强于其经济功能，一个村级潘查雅特每年十二三万卢比的经费还不足以开展一些投入较大的基础设施建设，如道路、通信、电力等，但上级政府机关却可能因为有潘查雅特《年度行动计划》而放缓甚至是推卸自己在这方面的责任。这也是印度农村目前面临种种困境的一个重要原因。

辛苦的印度农家妇女

大有可观的政府广告

近年来,印度软件业飞速发展,世人瞩目,但这似乎并没有带来硬件建设的同步发展。在德里工作,互联网服务倒是有的,但速度慢,经常莫名其妙地就不能上网了,让人颇有点不知所措。首都尚且如此,别的地方的互联网接入状态就可想而知了,要知道,印度还有许多乡村到现在还没通电呢!在这种情况下,传统的报纸、广播和电视仍然是人们获取信息的主要来源。因此,读报成了我在德里每天的早课。

根据官方统计,目前,印度全国共有4万多种报刊,绝大部分为私人和财团所有,其中有约30种已经有百年以上的历史了。印度宪法规定新闻自由,因而报刊不受政府控制。不过,这个世界上,还没有哪一个国家的政府没有用一定的手段对报刊进行过一定的控制。要是真以为某个国家的新闻媒体享有绝对的自由,那实在是太天真了。

在印度,政府对报刊也同样是有控制能力的,其手段,除了我们常见的新闻发布会、定期吹风会等等之外,还有一个,是我读了一段时间的报纸之后,某一天突然醒悟的,那就是:政府广告。

现代社会,报纸要生存,除了本身的质量之外,还有一个基本的条件:有钱。而来钱主要是通过两个渠道:发行量和广告。印度报纸的广告当然是应有尽有,登广告的,除了商业机构和个人之外,还有一个大客户——各级政府。

根据近几个月的收集整理,我觉得,印度政府的广告大致分为几类:

一是纪念性的。凡遇有重要人物的诞辰、祭日等重要纪念日，各大报纸通常都刊有政府各种纪念性的广告，表达后来者饮水思源、喝水不忘挖井人的崇敬之心和将前辈开创的事业进行到底的决心。这类广告，通常文字质朴，画面凝重，但在花花绿绿的报纸各个版面中，视觉上显得特别具有冲击力。

二是祝贺性的。这是当权者最重视的一个广告种类，其内容或者是借祝贺某某人新近高就来广而告之并敬表忠心，或者是借祝贺某个日子来临、某某项目落成或竣工来展示政绩，周知天下。这类广告，大的可以占满一个版面，小的也有半个整版，画面热烈，喜气洋洋。

三是公告性的。这类广告，与祝贺类广告略有区别，其目的是公布政府新近出台的一些有利于国计民生的新政策，或与居民生活息息相关的新规定，目的在于自我表扬、笼络民心，显得政府"急人民所急，想人民所想，办人民所要的事情"。通常图文并茂，通俗易懂。

四是劝诫性的。此类广告最多，内容也最丰富，几乎涉及老百姓日常生活、健康、安全等各个方面，例如：如何防止和警惕恐怖分子袭击；夏季如何防止由不洁水源、蚊叮虫咬而引起的各种传染病；如何自觉有效地维护财产安全和人身安全；在特定的日子呼吁人们积极参与某项特定的社会公益活动……不一而足。这些广告，形式多样，同一主题可以刊登出系列广告，也可以刊登出不同样式的广告。或者娓娓道来，感觉如沐春风；或者匠心独运，令人眼睛一亮；或者触目惊心，让人过目不忘。

据印度友人相告，在印度，政府跟媒体的关系很复杂。从法律上说，媒体是独立的，新闻是自由的。但是媒体有一个很大的特点，也是生存的必需：那就是保持对政府的批判态度。即使如此，政府也要跟媒体搞好关系，甚至利用媒体的网络来为自己工作。报纸广告，就是这样一个东西。

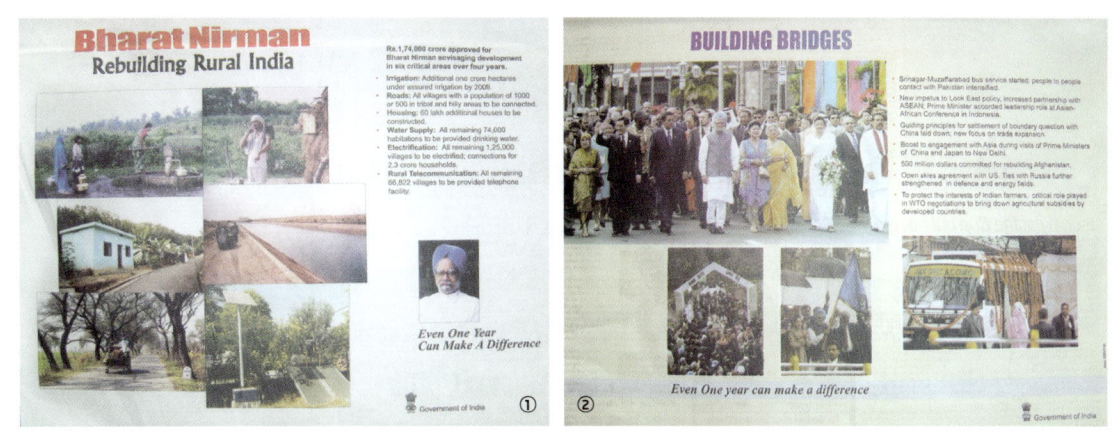

①本届印度政府在执政一周年之后，提出了雄心勃勃的《建设印度农村》的计划。该计划甫一提出，印度政府便在各大报纸登出广告，大力宣传。
②印度政府宣示其外交成就的广告

    每个政府部门，每年都有一笔与公众（主要是媒体）打交道的特殊预算，在与公众关系更紧密的部门，例如警察局，甚至还设有一个专管公共关系的处室。这些部门，每年都会跟一些最重要的平面媒体进行谈判，确定今后一年刊登广告的次数、版面和费用。而这笔费用究竟是多少，是两方之间的绝密。这倒是可以理解的。政府广告还有一个为人诟病的地方就是：政府利用公共财富，亦即国家预算、纳税人的钱公开地、合法地"老王卖瓜，自卖自夸"，变相地为自己在下次即将到来的选举中积累支持力量。不过何况，这类广告的数量并不占据大多数。

    不是每个家庭都可以上网的，也不是在每次重要新闻发布的时候，人们恰好都在电视机或者收音机旁边的，相比之下，报纸渗透的角落更多，报纸广告上的内容更准确，影响力持续的时间也更长。各种政府广告，或者反映了政府的工作，或者体现了老百姓的关切，不是冗长的文件，不是冰冷的法律，不是严厉的禁令，却同样达到了上传下达、加强沟通、密切联系的目的，实在是事半功倍。

    而那些纪念性的广告，更是反映了政府的价值取向和对舆论的导向，从某种意义说，甚至可以视作独特的"传统教育"的手段。这种手段的效果显然不比一次大场面的群众活动、一台大型文艺演出要差多少，而政府的投入则节省了许多。

政府广告还可以开风气之先。例如，联邦政府卫生和家庭福利部发布的一则避孕套广告，曾在印度的一些媒体引起讨论。要知道，印度毕竟是一个东方国家，80%以上的人口信印度教，性、避孕套之类的话题远还没有成为公众话题，但印度同样受到了各种性传播疾病的威胁。政府部门的这则广告，体现的是开放的心态和务实的态度，得到了媒体的一致好评。

政府广告还是政府控制报纸的一种有效手段。虽然难以了解印度政府每年对广告的投入到底有多少，报纸的政府广告收入到底占报社总收入的多少，但是只要坚持看一段时间的报纸就可以发现：政府广告的版面通常都比较大，有的常常是整版；出现的频率最高，基本每天都可以看到，或者是同一幅广告在不同报纸上同时出现，或者是不同政府部门的不同广告。而一些商业性的广告，即使是大公司的大广告，也不可能像政府广告那样持续得那么长久。个人广告，则不过是"豆腐块"。总之，从读者的角度看，政府广告，毫无疑问地，是报纸收入的一个重要来源，也就自然地成了政府控制报纸的一个重要且高明的手段。

① 政府卫生和家庭福利部呼吁使用避孕套的广告
② 政府严禁进行胎儿性别选择的广告

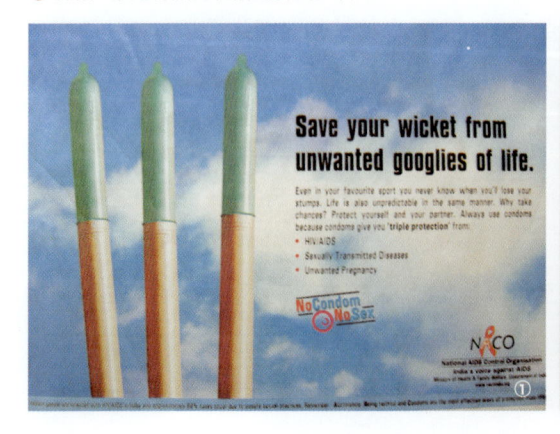

鲍斯传奇

苏巴斯·钱德拉·鲍斯（Netaji Subhas Chandra Bose）是印度政坛一支较为重要的左翼力量——全印前进同盟（All India Forward Bloc）的创始人。全印前进同盟党章的序言开宗明义：党接受科学社会主义，承认阶级斗争，目标是建立一个有印度特点的、符合印度情况的社会主义社会。

1897年1月23日，鲍斯出生于奥里萨的库塔克城，其父是一位富有的孟加拉律师。1913年，鲍斯赴加尔各答接受高等教育。从1919年开始，他游学英伦，主攻方向是欧洲历史和国际事务。这期间，俄国十月革命和其他社会主义思潮对他产生了深刻的影响。1921年7月，怀着爱国主义和自我牺牲的情怀，鲍斯回到祖国，投身于反对英国殖民统治和帝国主义统治的斗争之中，加入了国大党（Indian National Congress）。

很快，鲍斯就崭露头角。1922年，他担任了国大党青年组织的领导。1924年，开始负责国大党的工会组织，同时担任国大党孟加拉省委书记。1927年年底，他当选为国大党总书记之一。在1928年国大党加尔各答会议上，鲍斯提出了印度"完全独立"的主张，但没有得到国大党主要领导人甘地的赞同，而鲍斯也对甘地的"不合作"态度感到不满，遂与其他左翼领导人于1929年在国大党内部组成了民主国大党（Congress Democratic Party）。

1930年到1933年，鲍斯或被捕入狱或被软禁在家。1934年，他

印度笔记

全印前进同盟创始人鲍斯

在赴维也纳治病期间，发表了《印度的斗争》一书，全面分析了国大党的政策和面临的任务。1936 年回国，再遭逮捕。尽管遭到右翼势力的反对，1938 年，鲍斯仍当选为国大党主席，并于 1939 年连选连任。他提出：国大党必须立即给英国政府下达最后通牒，六个月内给予印度独立地位，而党也必须立即为自由的最后一战做好准备。此议遭到国大党内部的强烈反对，鲍斯因而不得不于当年 4 月 29 日宣布辞去党主席职务。与此同时，鲍斯亲自领导的国大党孟加拉省委遭到了国大党最高委员会的"留党察看"处分。紧接着，鲍斯被开除出党。

但是，鲍斯依然坚持自己的观点，他的支持者也依然站在他的一边。几天后，也就是 1939 年 5 月 3 日，鲍斯在加尔各答的一次群众集会上宣布将组织前进同盟（Forward Bloc）。6 月 22 日，前进同盟的第一次全印大会在孟买举行。鲍斯认为，前进同盟与国大党的矛盾归根结底就是妥协与反对妥协、宪法道路与革命道路的矛盾，前进同盟秉持后者。他在次年召开的全印前进同盟第一次全印代表会议（the First All India Conference of All India Forward Bloc）上宣称，全印前进同盟是一个社会主义的党（a Socialist Party）。

在宣布全印前进同盟是一个"社会主义的党"之后不久，鲍斯又一次被软禁。直到1941年1月，他才成功出逃。

20世纪30年代末40年代初的国际形势风云变幻、波谲云诡，世界大战的硝烟渐起。以争取民族独立为己任的鲍斯，视英国殖民者为敌，并因此将与英国结成战时同盟的美国、苏联等所有抗击法西斯的国家都划入了"敌营"，而他又明白，单靠印度自身是很难获得独立的，于是，他向"敌人的敌人"——德、意、日法西斯求助。

在越过边境抵达喀布尔之后，鲍斯从意大利驻阿富汗使馆获得了一本意大利护照。1941年3月28日，鲍斯经过莫斯科到达柏林，据传他曾与希特勒会见。在德国期间，他开始筹建"印度自由政府"，得到了德国最高统帅部和德国国防军的大力支持和场所、资金等一应帮助。他先是组建了"自由印度中心"和广播电台，然后又将德军在北非俘获的印度战俘改编成一支两千人的印度军团。也正是从那个时候起，他的名字前被冠以"领导者"（Netaji）的尊称。

太平洋战争爆发后，日军很快占领了东南亚，日本首相东条英机希望趁势打进印度，取代英国。而鲍斯则想利用日本的力量赶走英国殖民者，获得国家独立。两厢一拍即合。1943年，鲍斯乘坐德军潜艇到达日本，东条英机宣布将给予各种援助以助其事业，使印度"完全独立"。在日本政府的全力支持下，当年10月21日，鲍斯在新加坡宣布成立"自由印度临时政府"，并亲自担任国家元首、总理、军事部长、外交部长和印度国民军最高指挥官。除日本之外，当时承认这个"自由印度临时政府"的还有德国、意大利、南京汪精卫政府和伪"满洲国"等政权。10月24日，"自由印度临时政府"对英国和美国宣战，随后参与了日本主导的大东亚会议。这时的鲍斯已成为不折不扣的日本法西斯侵略扩张的工具。

1945年8月15日，日本宣布投降，鲍斯于8月18日搭上前往日本的飞机，一去不复返。他的生死，变成了印度现代史上的一桩疑案。"自由印度临时政府"则因为这个意外而自动解体。

印度独立后，鲍斯在民族独立过程中所做的贡献得到了国家的承认。时至今日，鲍斯的肖像还在印度国会大厅里与甘地和尼赫鲁的肖像并列悬挂着。迫于鲍斯追随者、特别是全印前进同盟的压力，印度政府先后成立了三个专门的调查委员会，调查鲍斯失踪之谜。

前两个调查委员会先后成立于1956年和1970年并分别于当年和1974年向政府提交了调查报告，其结论大致相同，即1945年8月18日鲍斯乘坐的飞机在台北上空失事，鲍斯受伤，次日死亡，骨灰现存于日本。

第三个调查委员会成立于1999年3月。2005年11月，印度媒体纷纷报道，领导该委员会的印度最高法院退休法官穆克吉公开表示，他们花了6年的时间来调查这桩谜案，还于2005年年初到俄罗斯查过历史档案，最后得出的结论与过去的历史定论不符。专案组另一位不愿披露姓名的调查人员透露说，鲍斯实际上遭到了苏联当局的绑架，最后死于苏联。报道还称，台湾当局证实，据查证，1945年8月18日在台湾上空并没有发生任何飞机失事事件，而且整个8月份都没有一起飞行事故，说鲍斯死于台湾上空的失事飞机没有根据。但很快，又有鲍斯的亲属站出来说，台湾当时是日本的殖民地，在日本刚刚宣布无条件投降的那几天，基本处于无政府状态，又有谁会在意一架失事的外国小飞机呢？谁还会在办公室的记事本上认真地做大事记呢？2006年5月17日，该委员会正式向政府提交了调查报告，遭到政府拒绝，印度国会就此进行了激烈的辩论，鲍斯家族的后代们也产生了意见分歧，全印前进同盟已决定7月份在全国发动抗议活动，抗议政府不加任何解释地拒绝接受调查报告。

关于鲍斯的下落，还有更为神奇的传闻。据报载，有人称在印度北方邦小镇费扎巴德的一位名叫古纳米的神职人员其实就是改头换面的鲍斯，他于 1985 年 9 月 16 日无疾而终。鲍斯甚至跟尼赫鲁的去世也有关系。据坊间传闻，晚年的尼赫鲁健康状况不佳。一天早晨，当他在散步的时候，迎面碰上了一个印度教法师。堂堂总理，前呼后拥，警卫严密，突然碰到一个法师，已经够令尼赫鲁诧异了。当他从沉思中醒悟、眼光朝这位法师扫去时，神情大变，因为他认出了，这位法师其实就是鲍斯。一回到住地，尼赫鲁就中风了，不久便离开人世。

鲍斯已经变成了一个真正的传奇。

"中国农民是怎样种地的？"

要想真正了解印度，就要了解印度的农业和农民。我幸运地有一次机会到印度哈里亚纳邦参观农业项目。

印度是一个农业大国，农村人口占总人口的 75% 左右，其中直接从事农业生产，也就是种地的农民，又占到 90% 左右。印度农业的自然条件很好，大致说来，它的国土面积只有我国的三分之一，但可耕地面积却是我国的两倍，阳光充足，雨水丰沛，土壤肥沃，一马平川。尽管如此，印度却曾是世界闻名的"饥荒之国"，独立后曾在 1951 年、1958 年、1963 年和 1965～1967 年发生过严重的粮食危机，政府不得不大量进口粮食。痛定思痛，也就是在 1965～1967 年大粮荒之际，印度开始实施"农业新战略"，以大力推广小麦新品种为突破口，开始了"绿色革命"。仅仅五年之后，印度的粮食进口大幅度减少，到 20 世纪 70 年代中期即宣布基本实现粮食自给，其小麦的播种面积从 1960 年的 1293 万公顷增加到 1980 年的 2228 万公顷，每公顷单产由 1967 年的 1103 公斤增加到 1980 年的 1630 公斤。80 年代，"绿色革命"又在水稻生产上取得进展，十年间单产由每公顷 1340 公斤提高到 1740 公斤。这一公顷相当于我们国家的 15 亩地。目前，印度的水稻和小麦总产量均在中国之后居世界第二位，但是单产水平较低，水稻不及中国的一半，小麦仅为中国的三分之二。

印度哈里亚纳邦是一个以传统农业生产为主的邦。因为靠近首都，近年来，发展经济作物、发展有机农业、提高农产品的市场化程度，成为邦农业主管部门的头等大事。为此，邦政府从邦农业局里专门分离成立了一个经济作物局，从提供实际帮助和指导、制定鼓励和发展政策等各个方面为提高哈里亚纳邦的农业生产想了不少办法，做了不少事情。哈里亚纳邦的总面积约为437万公顷，其中可耕地面积约为376万公顷。截至目前，已经有27.8万公顷的可耕地被用来种植经济作物，主要品种是蔬菜、水果、鲜花、草药、蘑菇和香料。

我们参观的第一站，是哈里亚纳邦设在离德里75公里的一个叫萨马尔卡（Samalkha）的农产品交易市场。在哈里亚纳邦，这种农产品交易市场有很多，其起源可以追溯到印度独立前的1939年旁遮普农产品市场交易法。邦政府2005年确定的目标是：让每一个农民在不超出其居住地5公里的范围内就能找到一个交易市场，方便地卖出其农产品。管理萨马尔卡农产品交易市场的，是一个市场管理委员会，由一位执行主任、一位秘书、一位秘书助理、一位会计师、两位监管员、七位

印度哈里亚纳邦萨马尔卡农产品交易市场的员工在集会。

① 那堆正要被"拍"出的糖块
② 正在工作的拍卖师

拍卖师、四位职员和一位司机组成，他们由邦政府的不同部门任命，都是国家公务员。我想，这些来自不同"条条"的人，大概都是受双重领导的吧。委员会可以通过交易收取2%的佣金。当然，这是国家的收入，主要用于市场的基础设施建设和人员培训。

已经是上午十点半了，真正的农产品交易时间已经过去了。而3月底，也实在不是农产品收获的季节。那么，我们能看到什么呢？感谢主人的周到安排，他们让我们看了一场"真人秀"。只见，偌大的露天交易市场上，堆了三堆像土豆一样的东西。走近一看，不是，一问，是一种从甘蔗里面榨取的糖块。天气太热了，糖块上叮满了苍蝇。这时，不知道从哪里冒出了那么多的人，一下子就把我们围住了。

一个年轻的小伙子突然开口了，他的声音特别洪亮，很有穿透力。他说的是印地语，我不懂，但没等我再问，旁边的印度朋友已经热情地告诉我了，他是拍卖师，在介绍这堆糖块的品质、重量，然后开始报价。只听到，拍卖师的话音刚落，便有声音接二连三地叫出，不用说，那是买主在出价了，那声音简直就是大珠小珠落玉盘了。突然，静止了，拍卖师的声音又清晰可辨了，他在喊："一、二、三"，然后，听到了一个长长的洪亮而和谐的声音。我完全可以猜到，那个吼声一出，就意味着成交。但那是一个印地语表示"成交"的词吗？听起来像是一个欢呼语，音节非常简单。

我已经知道了，这是一次演示，不是真正的拍卖，但演员都是真的，真的拍卖师，真的农民，真的买家。他们很卖力地表演，按捺不住内心真正的快乐，他们用尽全身力气，吼出的难道不是生活的快乐和对中国客人的友好之情吗？

非常动听，非常幸运，我听到了三次。

就在这动听的声音还萦绕在耳边的时候，我们已经被领进了市场旁边的一个大棚里，主人在这里为来访的贵客举行了一个简短的欢迎仪式。除了邦政府的农业官员，还有很多农民在场。在正式的介绍之后，立即就有农民走上前来，抢站在话筒前。但是站定了，好像又有些紧张，用不太流利的英语结结巴巴地说了好长一段欢迎的话，急得邦里的官员直接问他："你有什么问题吗？"

"有，有。请问，中国农民是怎样种地的？又是怎样卖掉他们的收成的？"

这个问题听起来简单，回答起来还挺不容易的。

第二站是参观达加有机农场。农场主拉米什·达加和他雇佣的农民们排成了长队，每个人手里都拿着一枝鲜花，也不说话，微笑着把花递到团长的手上，双手合十，或者紧紧握一下手，默默表达着欢迎和欣喜。那场面真是亲切感人。达加先生领我们看了他的有机农场的精华，生产蘑菇的大棚、生产蔬菜和鲜花的大棚、牛舍、沼气池、太阳能接收板等，还有他的住宅。

说实在的，这些设施都相当简陋。不过，达加先生的得意之情却溢于言表。参观结束之后，我们在这个农场的院子里坐了下来。这时候，又一轮欢迎开始了。达加先生一个一个地介绍着他请来欢迎中国贵宾的朋友，他们依次走上前来，简单地自我介绍一两句，递上自己的名片。

随后，农场里最年长的一位农民走上前来，按哈里亚纳邦农民欢迎贵宾的最高礼节，为我们中的长者戴上了一条已经缠好的头巾。来的人太多了，达加先生准备的椅子不够用了，于是，一些人就席地而坐，更有人已经迫不及待地提问了：

"中国的水稻产量为什么这么高？"

"这取决于很多因素。其中一个主要的因素是，中国产的水稻有很大一部分是优质高产的杂交水稻……"

"中国的农民幸福快乐吗？"

"当然，幸福，快乐。我就是一个例子，25年前，我就是一个地地道道的农民。"

"那你为什么不做农民了呢？"

这个问题一出，答题人还没有出声呢，在场的所有人都笑了。真的，无论哪一个国家，农民都是如此地淳朴真挚，令人感动。

印共（马）是如何联系群众的？

人在印度工作，常跟印度共产党（马克思主义）的领导层接触，总是逢人便问：贵党是如何联系群众的？结果，闻者无不踌躇再三，似乎被一拳打蒙了，上至总书记，下至普通领导干部，仿佛听到了一个奇怪的问题，实在说，不是问题的问题。因为，道理很简单，在实行议会制的国家，在实行联邦制的国家，在没有"暴力革命""武装夺取政权"形势的国家，政党只有赢得选举，或是在选举中取得好成绩，才能生存和发展壮大。选民不投票，一切都白搭。在某种程度上，可以说，除了党的最高奋斗目标之外，政党所有的战略和策略、所有的方针和政策，都是围绕如何联系和吸引群众的问题所展开的。一个政党，如果不参加选举，不以赢得政权为目标，就不是一个严格意义上的"政党"。所以，我没能在短期内找到现成的答案。

经过一番研究和调查，我发现，密切联系群众是印共（马）的生命线。

党的性质和奋斗目标决定了党必须始终同人民群众保持密切联系。印共（马）党章规定：党是工人阶级的先锋队。马克思列宁主义是党的行动指南，它为被压迫的人民指明了消除人剥削人的现象、获得完全解放的正确道路。入党，就必须坚持共产主义崇高理想，为工人阶级和被压迫人民无私地奋斗终生。党员的义务就是全心全意地为人民大众服务，不断地加强党同群众的联系，向群众学习，向党反映群众的意见和呼声。党员必须在党的领导下，在群众组织中工作。

党的外部环境决定了党必须始终同人民群众保持密切联系。印度是实行联邦制的国家，也是实行议会民主制的国家，全年充斥着形形色色的选举。而在印度全国，政党林立，既有世俗性的政党，也有教派色彩比较浓重的政党，既有全国性政党，也有地区性政党，既有民族性政党，也有印度独有的种姓性政党，即使在左翼力量中间，情势也非常复杂，印共（马）的生存条件相当险恶。如果没有相对稳定的人民群众的支持，党就是无本之木、无源之水，不可能成长壮大。

党的战略和策略决定了党必须始终同人民群众保持密切联系。印共（马）自1964年诞生之初，就认定印度已不具备"暴力革命"的条件，参加选举是党争取实现自己最高理想的现实途径。印度共产党积极参加了国内的各种选举并取得骄人的成绩，目前掌握着三个邦的政权。如果没有同人民群众保持密切联系，不了解、不代表、不保护、不争取人民群众的利益，如果人民群众不投票，如果没有基本的"票仓"，印共（马）就不会成为当今印度政坛最为重要的左翼力量。

我还发现，理论创新、政策落实和制度规定是印共（马）密切联系群众的三大"法宝"。

对马克思主义阶级斗争理论的发展是印共（马）吸引、团结广大人民群众的重要思想武器。印共（马）坚定地信仰马克思主义的基本原理，坚信经济基础决定上层建筑，同时认为必须具体问题具体分析：印度是一个多种族、多文化、多语言的国家，印度的上层建筑具有全世界独一无二的特色，即存在着种姓制度。因此在印度，阶级斗争理论具有两层意义，除了经典意义的阶级斗争，即消除经济剥削之外，还有社会意义的阶级斗争，即消除由种姓制度带来的社会压迫。如果不从这两个层面上开展阶级斗争，党就是一个跛行者，就不能吸引和团结最广大的深受经济剥削和种姓压迫双重灾难的人民群众。

印度人口的80%以上都是印度教教徒，由于高种姓的人毕竟只占少数，广大的低种姓、表列种姓和表列部落的群众为了摆脱种姓之苦，往往只能采取改信其他宗教（例如伊斯兰教、基督教）的办法。印共（马）在阶级斗争理论上的创新，则为他们提供了新的更为科学和现实的出路，是印共（马）独创的密切联系群众的有力的思想武器。

深化土地改革，落实基层民主，是印共（马）巩固根据地、扩大基本"票仓"的两项最重要的政策措施。印共（马）已经在西孟加拉邦连续执政30年，还掌握着喀拉拉邦和特里普拉邦的政权，除了审时度势、采取正确的竞选策略之外，印共（马）取得这样的成功，首先是因为深化了土地改革，还利于民。据不完全统计，1977年印共（马）领导的左翼阵线执掌西孟邦政权之后，超过半数的农户从土改中直接受益。西孟邦现已成为全国第一大稻米产地、第三大水果和蔬菜产地、最大的水产品产地之一。时任印度总理曼·辛格高度评价西孟邦土改的成功经验，希望它成为各邦效仿的榜样。土地改革使农民权益得到保障，使执政的印共（马）得到了最坚决最稳定最可靠的"票仓"。

其次是落实潘查雅特，分权于民。潘查雅特是农村基层政权体制，也是村民自治体制，分为三级，每五年选举一次。经过近30年的努力，西孟邦的潘查雅特已经比较完善，并与深化土地改革形成了良性互动关系，所有因土改而获得了土地的村民都因为有了潘查雅特而能参与同自身有关的发展计划的制订和实施。这也使他们认识到，只有以印共（马）为首的左翼阵线才会给他们这种表达和实现自己意愿的机会和权利，印共（马）在群众中的影响和威信得到进一步提高。

群众意见在组织原则中的独特作用，群众工作在党员领导干部工作中的重要地位，是印共（马）最重要的相关制度规定。印共（马）实行民主集中制。党章规定，当党内出现严重的意见分歧时，一般应继续进行更深入的讨论以达成一致，但如果群众意见强烈、群众运动迫切需要，则可以作出迅速的决定。党代表大会代表的选举产生和各项决议的拟定等，均必须考虑由党领导的群众运动的意见。群众运动问题、在群众组织中的党委会工作问题，均由党中央直接讨论和决定。

党的领导人必须具有群众运动的丰富经验。进入选举机构的党员必须与选民保持紧密的联系。必须在相应的党委会或党支部领导下工作，定期向选民报告，听取他们的意见和建议。党员在各级选举机构内部的工作必须与外部的群众运动紧密联系。选入国会的党员议员在议会斗争中必须紧密联系党在议会外的斗争和群众运动，党员议员有义务帮助党及其群众组织的工作。

支部是党联系群众最重要的纽带。其主要任务是，执行上级党委会的决定，在工厂或本地区赢得群众对党的支持，吸引富有革命精神和同情心的人参加党的活动，加入党组织，在政治上进行教育和引导。在群众组织中工作的党员必须接受相应的党委会指导，始终致力于增强群众组织的团结，扩大社会基础，提高战斗力。

加强党对群众组织的领导、进行各种形式的教育和宣传鼓动，是印共（马）联系群众的主要做法。阿尼尔·巴苏（Anil Basu），印共（马）西孟邦领导人之一，从1984年开始已经连续7次当选为印度国会人民院议员，时为议会印中友好小组副主席。我曾经多次跟他见面，也问过他如何联系群众的问题。他告诉我，只要不是国会或他所在的国会某委员会开会，或是有党的会议和工作，他都会在自己的选区，他的家就在自己的选区内。他在选区工作的基本状况就是，每天六点左右起床，在家里吃过早饭之后就出门了，召集各种群众会议，只要有时间，会见所有来访的群众，倾听选民的意见，传达党的声音，宣传党的工作，一般都是在晚上十一二点才能回家。印共（马）中央并没有明文规定，党的国会议员一年必须几次回到自己的选区，但是，尽管印共（马）已经在西孟邦连续执政近30年，那里的政治斗争形势仍然十分复杂，党不仅时时刻刻遭到来自基层国大党、国大党、印人党等一些政治对手的反对和质疑，而且还经常受到来自印共、全印前进同盟等左翼阵线内部盟党的批评以及来自观点更加左倾的印共（马列）的挑战，党的国会议员一刻也不能放松与选民的联系。这是由党的性质和任务所决定的，也是党所处的严峻的政治环境所决定的。反之，就会产生你进我退、此消彼长的局面。如果选民不投印共（马）的票了，印共（马）的席位就会减少，在左翼阵线内部的领导力就会下降，政府就可能不得不下台。

正是无数印共（马）党员如此兢兢业业、孜孜不倦地工作，才使党始终与广大的人民群众站在一起，群众的意见和呼声被及时地汇总，党的邦委员会和中央委员会想普通百姓之所想，急普通百姓之所急，据此发动各种不同形式和规模的群众运动，扩大影响，巩固阵地，争取更多的群众。自党的十八大以来，印共（马）已经发动了几次全国性的群众运动，如2005年8～9月的要土地、要食物、要就业运动，2006年2月的要求落实农村就业保障法运动，联合其他左翼政党、学术界、新闻界和前外交界人士参加的全国性的要求保持印度外交独立的运动，2006年8月开始的反对教派主义、要求实行保护人民群众，特别是农民利益的经济政策、巩固公共分配体系的政治运动等等。在2006年的8月运动中，印共（马）召集了全国范围内的各种会议100多场，党的领导人分别参加，并在会上发表演讲，邦和区的党委会也召集了100多次群众集会，宣讲党的路线方针和政策，极大地调动了党员的积极性，提高了党在群众中的威信。

各级党委会也根据本地区的实际情况发动了各种群众运动。例如，2005年，印共（马）拉贾斯坦邦党委会和农协首先根据当地的水资源供应情况发动群众抗议运动，虽然历时两个月，但最终迫使邦政府恢复了对两个区的灌溉用水供给。随后，又发动了抗议电价上涨运动，在8天时间里，发动了5万多农民参与，迫使邦政府同意谈判并最终作出了部分让步。群众运动的胜利使党和农协的威信得到了极大的提升，许多农民加入了党领导的农协。2003～2006年，印共（马）安德拉邦委员会就种姓歧视问题发起了环游运动，总行程达26343公里，遍及22个区的7878个村子（安德拉邦共有23个区）。仅2006年4月的环游运动就遍及152个村子，并在52个村子采取了直接的反对种姓歧视、反对不可接触制度的行动。这实际上是一次印共（马）的邦领导人在农村地区挨家挨户访贫问苦、发动群众的运动。在向党中央的报告中，印共（马）安德拉邦委会总结道：这次环游运动对党发展与广大人民群众的联系产生了极大的帮助，使党在本邦得到了广泛的认同，增强了党对普通群众的吸引力和凝聚力。

印度是一个贫富悬殊的国家，以解放被压迫人民为己任的印共（马）自诞生之日起，就面临着党的活动经费拮据这个大问题。根据印度法律，政党不得接受任何外来捐助，国家对全国性政党的唯一赞助就是为该党的总书记免费提供一处住宅。

印共（马）的经费来源主要是三部分，一是党员缴纳的党费，这个数额非常有限，每个党员缴纳的党费取决于他本人的收入。没有固定收入的党员可能会向党上交一些实物折为党费，有土地的农民、收入较低的农业工人和产业工人每年缴纳的党费约为 200～500 卢比，有固定职业的党员每月缴纳的党费约为 150～200 卢比。二是全党每年一次的募捐活动，从中央到地方，各级党组织，各级各类群众组织都会举办，所得到的捐款数额一般可以满足党的经费开支的 1/4 到 1/3。第三个来源，也是最重要的来源，就是选入各级机构的党员的收入。

2006 年 8 月，印度联邦政府通过决定，提高议员的薪水和津贴，国会议员每月的基本薪水为 42000 卢比，另有一些开会的补助和住房、交通、水电和通信津贴。印共（马）在这项规定出台后，作出了相应的规定：党的国会议员每月需向党上交 35000 卢比，留下 7000 卢比个人支配。中央政府根据议员资历向每个议员提供住房，按规定，议员每月还需交纳 850 卢比的房租和 150 卢比的健康服务费，这样算下来，每位印共（马）议员每月的生活费只有 6000 卢比，还不如一位刚刚考上公务员的应届大学毕业生的收入高。印共（马）现在有 57 名国会两院议员，仅此一项，党每月就可以得到 1975000 卢比的活动经费。印共（马）目前还掌握着三个邦的政权，在其他邦的各级立法、行政机构里也有一些席位，占据这些席位的党员收入比照党的国会议员办理，只是数目不等。据报载，印共（马）中央政治局委员、西孟邦首席部长巴塔查吉每个月由秘书领取薪水后直接交到邦委会，再从邦委会那里领取一些津贴，连他自己都不知道他每个月的薪水到底是多少，也不清楚党给的津贴是多少，只要够他的香烟钱就行了。除了薪水之外，印共（马）国会议员以及当选各种中高级以上职位的党员所享有的其他国家特别供给，如住房、车辆等，都必须交由党统一支配。

印共（马）的领导干部对党中央的这个决定都比较支持，并且引以为傲。只有依靠党组织的力量，他们才能赢得选举。赢得了选举，就可以为党争取到更多的经费。用这些经费来开展党的工作，更多地为人民群众办实事、办好事，就会吸引到更多的人民群众，吸引到更多的选票，当选的可能性就会更大，党的活动经费也就会更充足，这就会形成一个良性循环，雪球就会越滚越大。这是每个印共（马）的党员都明白的道理。

我曾在泰米尔纳杜邦结识了一位纳伊奈尔同志，他是邦委会书记处的成员，也是党领导的邦银行雇员联合会的主席。他今年55岁，妻子没有工作，有三个孩子。他非常坦率地告诉我，他来自泰米尔纳杜邦，出生在远离首府钦奈的一个小渔村，父母都是乡村教师。他已经在银行业工作30多年，目前每月的薪水约25000卢比。工作期间他买了自己的住房，三个孩子也都已长大成人，儿子从事IT工作，一个女儿是牙医，一个女儿今年大学毕业，他已经没有什么经济负担了，正准备提前退休，把自己的全部时间都用到党的工作上。退休后，他每个月还可以拿到将近5000卢比的退休金，这足够他们夫妇生活了，如果经济有困难，儿女会支持他们，党也会管他们。而在这之前，他必须工作，养家糊口，如果那个时候就成为全职党员，在泰米尔纳杜邦，邦委会给全职党员每个月的最高津贴是3500卢比，不够维持一个五口之家的开销，因此，他不得不用业余时间、休息时间来为党工作，有时候，他不得不占用工作时间、请假为党工作，因而很少能拿到全额的薪水。

纳伊奈尔很自豪地告诉我，随着印共（马）力量的壮大，他们的工作条件已经得到了大大的改善。过去，他每两个月都要来一次德里开会，因为党的经费紧张，他每次都乘坐没有空调的低等级火车出行，单程就需要将近48个小时，非常辛苦。现在，他已经可以乘坐飞行期间不提供任何服务的廉价飞机往返德里了。因为他在银行业工作，他的家庭生活也很不错，每年一家五口都可以有一次一个星期的国内度假，每次都乘坐有空调的二等以上卧铺或座席。他说："我是偏远渔村教师的孩子，自觉自愿地为党工作，能坐上火车就很不错了；我的工作就是要为我们的子孙后代创造平等和幸福，我的孩子能乘坐带空调的火车，每年能度一次假，能接受高等教育，我非常满足，也非常自豪。"

在钦奈印共（马）泰米尔纳杜邦邦委总部的时候，我恰好碰上了午饭时间。在我的坚持下，纳伊奈尔同志带我看了食堂提供的饭菜。只见桌上只有大大小小六个容器，最大的是一电饭锅白米饭，第二大的是一

印共（马）泰米尔纳杜邦邦委会的工作午餐

中等大小锅的酸奶，余下的是一锅用土豆、胡萝卜做的辣汤，一锅只见辣椒的更辣的"辣油"，两小盆凉拌圆白菜，其中一盆最小的没有加盐。这些饭菜，据纳伊奈尔同志讲，可以供十五六个人食用，我数了数，当时在小楼里的人大致就是这个数。据我在德里生活的经验，所有这些饭菜及其制作的成本，加起来不会超过 150 卢比。纳伊奈尔坚持带我到外面的中餐厅吃饭并付款，他此前从未进过在印度几乎遍地开花的中餐厅，我推托再三后，只好点了最便宜的两份玉米羹、一份宫保鸡丁和一份炒面，花了将近 500 卢比，内心真是充满了罪恶感。

印共（马）不是执政党，在可预见的将来也不可能夺取全国政权。入党，几乎没有升官发财的可能性，恰恰相反，入党意味着心怀坚定的信念和崇高的理想，意味着为党的事业终生的无私的奉献。从中央到地方，印共（马）有许多全职的党员，完全依靠妻子工作或者是祖上的遗产来维持全家的生计。当然，如果妻子不工作，或者没有祖产，党还是会负责他们的生活的，党会支付他们子女的教育和健康开支以及他们夫妇的健康开支。在党的机关工作的，每个月，可以得到一笔数目不大的津贴，每天还可以享受免费的午餐。印共（马）的党员，从上到下，衣着普遍比较老旧，甚至有时因此而显得不够整洁，但他们意志坚定，平日的谦谦君子一旦面对广大人民群众，就会立时变成慷慨激昂的宣传家、演讲家、慷慨激昂、口若悬河、滔滔不绝。他们这种俭朴的生活方式和无私的奉献精神，与其他一些政党的成员奢侈浪费的生活方式、一旦竞选得势便争先恐后地跑官要官、贪污腐败层出不穷的情境形成鲜明对比，无言地感染着广大的人民群众。

这种仅与中产阶级生活水准大体相同、甚至还要略低一些的生活水准，也使得印共（马）更容易了解人民的疾苦，更能及时反映人民群众的呼声和愿望。进入 2007 年以来，印度经济在持续高速发展的同时，通货膨胀率居高不下，达 5% ~ 6% 左右。高收入人群也许对此并不敏感，但低收入的毕竟占总人口大多数，反映也比较强烈，执政的国大党甚至因此丢掉了几个邦的政权，在德里市政选举中也惨遭败绩。印共（马）则与绝大多数群众感同身受，多次向政府施加压力，要求政府采取调控措施控制物价，赢得了广泛的赞誉，在群众中的威信和影响得到了进一步的提高。

尽管如此，印共（马）在联系群众方面还面临着两大瓶颈。

一是如何吸引和联系更广泛的人民大众，扩大党的影响。根据印度法律，印共（马）早已身列全国性政党名录，其标准就是在国会人民院选举中获得10个以上的席位。但是，多年来，印共（马）的基本力量仍然囿于传统范围，集中在西孟加拉邦、喀拉拉邦和特里普拉邦，特别是西孟加拉邦，这跟该邦所处的地理位置和历史境遇有很大关系。西孟邦首府加尔各答曾长期是英国殖民统治当局的所在地，是"西风东渐"的最前沿，是马克思主义传播最早、共产党早期领导人活动最集中的地方，也是印度特有的种姓制度最早式微的地方。印共（马）对马克思主义经典理论、特别是阶级斗争理论的创新和宣传，在这些邦，已经深入人心了。

但是，在印度人口最稠密、对印度全国政治影响最大的印地语中心地带，广大人民群众虽然对印共（马）宣传的经典意义上的阶级斗争，已经基本上接受了，但是对消除社会压迫，特别是消除由种姓制度带来的社会压迫，觉悟程度则远远不够。印共（马）的理论创新并没有开花结果，笃信印度教的广大人民群众对印共（马）的宣传没有多大兴趣，基本不予理会，加上传统的惰性、现实的复杂性和政党政治的残酷性，印共（马）虽然在十八大提出了在印地语中心地带加大工作力度的任务，但两年时间过去了，党发动群众的工作仍然没有大的起色。如何在印地语中心地带吸引群众、发动群众，印共（马）似乎还是没有什么好办法。

在城市，印共（马）同样面临着如何在普通群众中扩大影响的严峻挑战。随着全球化的推进，工人阶级的权益遭到削弱，而以保护工人权益为己任的工会组织只能在正规的经济部门建立,只能联系和团结很少一部分人。在这些正规的经济部门中,还存在着不同政党所属的不同工会组织,相互存在着激烈的争夺和竞争,印共(马)领导的工会组织因而只能覆盖到在正规经济部门就业的劳动力的一小部分。印度93%的劳动力在非正规经济部门就业,他们得不到法律保护,没有任何社会保障,居无定所,流动性强,如同一盘散沙,谈不上团结自助,也缺乏大工业所带来的组织纪律性。

二是如何在新形势下更加紧密地联系和团结人民大众,在根据地站稳脚跟。印共(马)是在资本主义制度下开展工作的,党的领导人非常清楚:"我们没有在全国执政。今天群众投我们的票,我们就在台上;明天群众不投我们的票,我们就下台了。"在印共(马)长期执政的西孟邦,土地改革已经使之成为一个农业大邦,稳定的问题解决了,发展的问题又接踵而至。30年前,印共(马)领导的左翼阵线政府开始了彻底的土地改革,无数农民成了土地的主人,也成了印共(马)最坚定的支持者。30年过去了,当年获得土地的农民已经儿女成群、年事已高,甚至已经离开人世了,他们手里的土地被他们的子孙继承,一分为几,分了再分,到如今已经被分得小得不足以养家糊口了,政府必须与时俱进,为广大人民群众提高生活水平、为西孟邦增强实力、为印共(马)提供稳固的根据地而开辟新的道路。由此,印共(马)认为,在西孟邦,"农业是基础,工业是未来"。西孟邦政府把吸引外来资本、建立经济特区、对国营企业进行私有化改造等,作为发展经济的头等大事。

然而,这个进程非常不顺利,特别是在征地建立经济特区的进程中,发生了很多事情,先是有反对党领导人的绝食抗议,后是有警民冲突,直至发生14人死亡的悲剧,往昔的"票仓"变成了今日的"火药桶",反对党的攻击不必多说了,左翼阵线内部盟党的愤怒和批评也非常火爆,迫使印共(马)在反复强调必须吸引更多的外来资本发展工业、不放弃建立经济特区的同时，不得不放慢脚步。

从目前情况看，印共（马）已经做了许多工作，例如挨家挨户地走访被征土地所在的村落，对失地农民实行高额补偿和就业培训，但是人各有志，欲壑难填，在各种政治势力虎视眈眈的形势下，印共（马）任何一点小小的疏忽都会被无限放大。如何在党的根据地既最大限度地保护广大人民群众已经享有的权益，又能发展经济、不断满足人民群众日益增长的物质和文化需要，如何在党的具体工作中既充分听取广大群众的意见，又有效地防止其他政治势力对普通群众的拉拢和争夺，印共（马）面临着严峻的考验。无论如何，党必须保住自己的根据地。

此外，如何在越来越庞大的中产阶级队伍中扩大党的群众基础和社会影响，如何在越来越对政治不感兴趣的青年一代中宣传党的理想和信念，印共（马）仍有许多工作要做。

八月的节日

书上说，印度的节日很多，不同文化的、不同宗教的、不同地域的，纪念民族英雄的、纪念重大事件的、欢度季节转换的、庆祝丰收的……总之，除了专门研究这个领域问题的专家，恐怕没人说得清楚印度全国，一年到头，大大小小，到底有多少个节日。听起来，这还真有点玄乎，不过，刚刚过去的8月，我自己就经历了印度的三个节，也是三种节，想想看，书本可是不乱说的。有意思！

事实上，7月底，我就收到了一张漂亮的请束，是去印人党副主席纳克维家参加德里研究会组织的庆祝雨季来临的节日（Teej Festival）。

一张漂亮的请束

①②③ 正在 Teej 节上跳舞的印度妇女

据说，这是印度南方的一个节日，专门庆祝雨季来临的。雨季的来临，意味着大地的复苏，万物的葱茏。而女性，是万物的母亲，是大地的母亲。所以，这个节日又是专门为女性而设的。在农村，人们通常以跳舞、唱歌、荡秋千，当然还有大啖一餐美食等方式来过节。这个节日，现在也主要是农民在过。

纳克维先生的家，有一个挺大的院子，排了好几排座位，顶头还搭了一个20厘米左右高的台子。我们到的时候，演出已经开始了，有一个盛装的女孩子正载歌载舞地在台前表演。

入座之前，主人招呼我们在一张小桌子前停了下来，一群热情的盛装妇女给每一个来参加活动的女宾一个小红包。我一愣，莫非印度人也跟国人一样，过节给钱发红包？没待我自己打开，递给我红包的印度妇女就替我打开了那个小红包。原来，小红包里不是钱，而是一串手镯。给我的那一包，是一串绿色的细镯，扑着银粉，乍一看还挺漂亮的。主人热情地将这些手镯一一套进我的手腕，手镯叮当作响，还真是挺有意思的。

不断地有人来，还有不少记者，潮水般地涌前涌后，我们认识的人不多，除了主人，只认得一位国大党的发言人，一位社会党的领导

正在欢度 Teej 节的印度妇女

人,还有一位女明星、也是现任的议员。主持人是用印地语说话,我们都听不懂,问旁边的人,音响声音太大,耳朵贴着嘴巴,也听不清楚。只是一会儿台上有人在献花,一会儿又有人来给我们每个人披一块花布,大概是当围巾或者是当披肩用吧。

　　这时,我的身边来了一位妇女,左手涂满了深绿色的花纹,像叶子。因为是刚刚涂上的,还有些湿,她张着手,似乎是很自豪地展示给我看。她告诉我,迎接雨季的节日,也就是迎接绿叶的节日。所以,欢度节日的人们有时也把叶子画在手上。这只手真漂亮啊,我也想试试,于是就真地去试了。有几个漂亮的姑娘,把用植物做成的颜料卷在油纸筒里,就像蛋糕店里最后往生日蛋糕上挤出各种花朵字形图案的大师傅一样,几下子就把我的手给画满了。

　　因为我是外国人,又因为我的右手变成了一只如此美丽的"绿叶手",一时间,成了记者们追拍的对象,在场的几个记者噼里啪啦地拍完之后,又冲过来几个,要求再摆 pose 呢。这可是我从来没有过的经历,令人难忘。

　　其实,手绘艺术在印度已经有 5000 多年的历史了,当然也有人说,这是 12 世纪随着阿拉伯文化、伊斯兰文化大举进入南亚次大陆而逐渐

"彩绘"手

兴盛起来的,正式的名称叫"曼海蒂",是婚礼上新娘必不可少的装饰,也是印度女性在欢度各种节日时不可或缺的点缀。手绘所用的颜料完全是植物的,据我的同事讲,有的可能就是染发膏,所以对皮肤没有什么损害。刚刚完成的作品,呈现出来的是绿色,等到颜料晾干脱落之后,留在皮肤上的是深褐色,可以保留很长时间。

这个节日过后不久,便到了印度的一个全国性节日:独立日(Independence Day)了。1947年8月15日,印度终于摆脱了英国的殖民统治获得独立。这是印度最重要的政治性节日之一。每年的这一天,印度总理都会登上德里的红堡向全国人民致辞并主持展国旗仪式。政府部门、公共场所都要悬挂国旗。全国各地都会举行一些集会、游行等庆祝活动。全国还放假一天。

独立日前夕,德里加强了戒备,红堡附近更是如此。那些专门卖小国旗、橙白绿三色组合在一起的手镯、气球等小纪念品的小商贩们,赚头都不小。

又过了两天,我去给汽车加油,顺便走进加油站附设的小超市逛逛。没想到,小超市的货架重新摆过了,靠门的地方辟出了一个单独的柜台,专门卖小包装的糖果、饼干、巧克力,还有一看就知道是系在手腕上的各种链条和绳线。

又到了一个什么节日了？我暗自猜想着，一问还真是的，8月19日又是一个节日，而且据说，这可是印度特有的、全世界独一无二的节日，叫兄弟姐妹节（the Raksha Bandhan）。按照传统，在这个节日里，姐妹们要在她们兄弟们的手腕上拴上"拉基"（Rakhi），一是保佑他们发财、保护他们安康；二是请求兄弟在姐妹遇难时伸出援手。而兄弟们则要牢记姐妹们的深情祝愿，并回报一件小小的礼物。所以，这个节日又有人称为"保护节"。

关于这个节日的来历，有很多的故事和说法。

其一，在印度教里，这是一个天神与魔鬼之间的战争故事。魔王布鲁特拉（Brutra）大举进攻天神，由因陀罗王（Lord Indra）率领的众神与之战斗12年，却到了失败的边缘。因陀罗王在危难关头向王师（Brihaspati）求救。王师正要回话，一旁的因陀罗的妻子，因陀罗尼说话了："夫君，不要灰心。我有办法，一定能让你打胜仗的。"第二天，王宫里举行了各种祈祷仪式之后，因陀罗尼在因陀罗的右手上系了一根丝线。这根神圣的丝线就叫作拉基，它所具有的神力帮助因陀罗王最终战胜了魔王。拴线的传统从此代代相传。

其二，关于亚马和亚姆娜的故事（the Yama and the Yamuna）。传说，这个节日来自死神亚马神和他的姐姐亚姆娜之间的一个宗教仪式。亚姆娜把拉基系在兄弟的手腕上，祷祝其长生不死、千古传芳。这个仪式的宁静与祥和深深打动了亚马神，于是他宣布：谁要是得到了自己同胞姐妹系上手腕的神线，并且得到了她们的保护和祝福，谁就将永生不死。

其三，关于卡娜瓦迪（Rani Karnawati）和胡马雍王的故事（Emperor Humayun）。中世纪的时候，古吉拉特的统治者大举入侵女王卡娜瓦迪的王国，女王与侵略者展开了激战。当她意识到，她再也抵挡不住进攻时，她派人送给胡马雍王一根拉基。胡马雍王被女王的姿态

印度笔记

节日里的印度母子

节日里的印度女子

欢庆节日的表演

所感动，一分钟也没有浪费，立即派出了援军。援军晚到了一步，女王不幸就义了，但胡马雍王立即对侵略者实施追击，直到将其彻底歼灭。

其四，关于亚历山大大帝与印度波罗斯王（Poros）的故事。在关于兄弟姐妹节起源的各种故事中，最早的一个发生在公元前300年，亚历山大大帝入侵印度的时候。传说，马其顿国王亚历山大在发动对印度的第一次侵略时，被波罗斯王的狂怒和反抗吓坏了。亚历山大的妻子对丈夫的情形难过极了，她打算为自己的丈夫做些什么。恰巧，她此前偶然听到过关于拉基的故事。于是，她设法接近波罗斯王。好心的波罗斯王接纳了她，把她看作自己的亲姐妹，并且在手腕上带上了她系的拉基。后来，当战事又起，波罗斯王有机会进攻亚历山大的时候，波罗斯王遵守了对自己姐妹的承诺，没有发动进攻。亚历山大的征服为孔雀王朝的建立铺平了道路。

斗转星移，兄弟姐妹节其实早就已经不是一个纯粹的兄弟姐妹之间的节日了。在印度全国庆祝的方式不一样，甚至名称也不一样。拉基可以是姐妹系上的，可以是妻子系上的，可以是女儿系上的，也可以是母亲系上的。被系上丝线的，可以是有血缘关系的兄弟、父子、儿孙和叔伯，也可以是没有血缘关系的邻居、朋友和同事。那根短短的丝线，可以是最简单的一根普普通通的线，也可以是珍珠串成的，是真金白银的，是宝石美钻镶嵌。但无论怎样变，节日的内涵却是基本相同的，那就是：祝福和保护那些至爱亲朋。节日的过法也是基本相同的，那就是：亲人团聚，美食甜点，歌唱舞蹈。

这就是我在过去的一个月里经历的三个节日，有农村农民的，有政治性的，有来自宗教或者传说的。其实，公历的8月，在印度全国上上下下、边边角角的地方，我不知道的节日肯定还有许许多多。

闻名的孟买维多利亚火车站，为世界物质文化遗产之一。

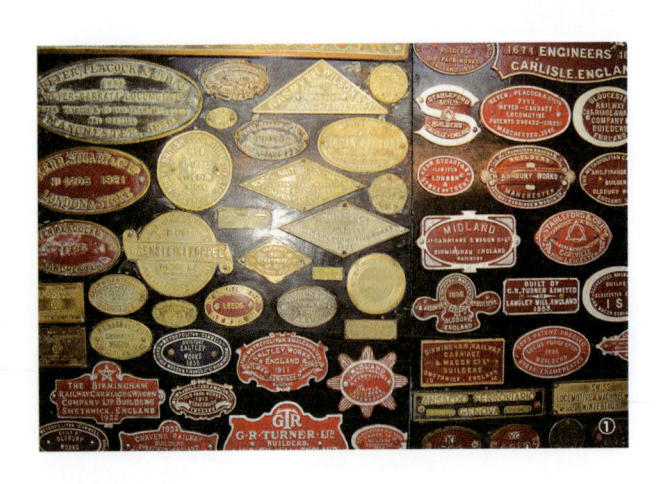

①②③
印度火车博物馆展品

在印度乘火车

身在国内的人，如果经常看电视新闻或者是报纸上的图片新闻，偶尔会发现关于印度铁路和印度火车的报道，我在来印度之前，似乎就看到过一些。那些具体的事件已经记不清楚了，那些令人心惊胆战的数字也记不清楚了，但是，我却清楚地记得自己所看到过的一些画面，那就是一列长长的火车，车厢没有门，人们或坐或站，挤在门口，甚至火车顶上都站着人。

印度的铁路和火车到底是个什么样子呢？假期，我与友人结伴乘火车出游，终于等到了亲身体验的机会。

我们要乘的火车早晨六点从德里始发。一大早，天还没有亮，外籍司机就把我们送进了站，并且领到了正确的站台上。之所以这么说，是因为进站不需要特别的证件和票据，也没有明显的提示牌和大屏幕，广播只是在火车即将抵离时才响。所以对外国人来说，找到正确的站台并

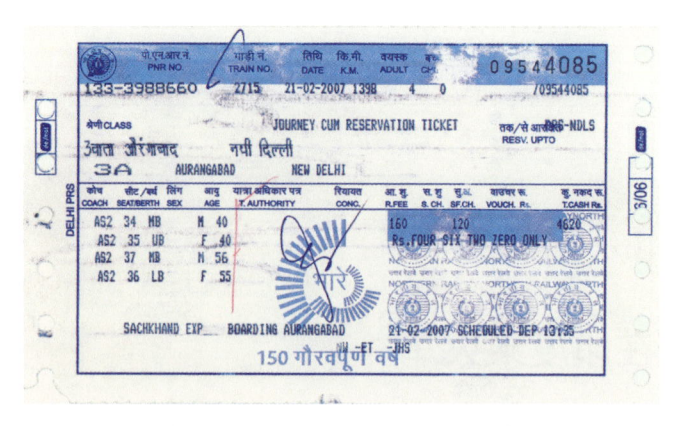

印度的火车票。在印度乘火车，购票采用实名制，旅客需提供有效证件及号码、性别、年龄等各种个人资料。

非易事。所到之处，全都是人，站前广场甚至站台上横七竖八地躺着、坐着很多人，狗儿游荡着，肥硕如猫的大老鼠旁若无人地在铁轨间窜来窜去。除了搬运行李的苦工，看不到其他的车站工作人员。空气中弥漫着阵阵无法形容的恶臭。

　　天太黑，没有看到德里火车站的正门，据说那曾经是很壮观的德里一景，但是我可以感觉到，德里火车站真是挺大的，站台之间，通过天桥相连接，数一数，大概有8个站台，可以同时容纳16列火车通过。这大概就是印度铁路的一个缩影吧。印度的铁路始建于1853年，截至2003年3月31日，总长63122公里，居世界第二位，其中的36%已实现电气化，宽轨、中轨和窄轨并存，沿途有6906个火车站，共有机车7681辆，39852节旅客车厢，4904节高级车厢，214760节货运车厢。印度铁路属国家所有，全系统有职工155万人。铁路是目前印度客货运输的主要工具，2002~2003财年，印度铁路共运送始发旅客4970800000人，始发货物518700000吨。

　　旅客列车车厢档次非常多。条件比较好的有五个档次：头等空调卧铺、头等卧铺、头等空调座位、二等卧铺（分两层式和三层式）、二等座位。我们乘坐的这列火车，全部是头等空调座位车厢，也就是一列头等车。不像在国内乘火车，每节车厢的列车员会站在车厢门口二次检票，德里火车站可是没人管，我们轻轻松松地上了车。

①站台上候车的人
②行李搬运工
③出站的火车

④刚刚到站的火车
⑤北方邦占西火车站一角

在印度乘火车

紧挨着车门的，是一个小开水房、配餐室和设备间，再走两步，就进入了车厢。抬眼一看，啊，原来是这样的：宽宽的过道，两边各有两个或三个座位，都是高靠背的航空椅。每两排中间的间隔可比波音737普通舱的座位间隔要宽了许多。椅子是人造革面的，每一个椅子的背面都有可以放下来的小桌子，椅子腿上有一个放饮料瓶的架子，底部还有一个斜斜的脚踏板，一来可以让旅客舒服地架架脚，二来可以挡住前排旅客放在座位下的小件行李。车厢的墙面上，贴着一些商业广告，好像都是一个通信公司的手机广告，还贴着一些不太大的警示牌，例如怎样防火什么的。当然，还有衣帽钩。眼睛再抬得高一点，还可以发现，车厢顶部行李架旁边，有电风扇，下面还有开关呢。车厢天花板的正中间，是一宽条后修的空调的通道和出风口，下面还有长条的日光灯。所有的东西都整齐干净地待在自己的位置上，但给人的第一印象却是：这车厢够旧的了。

放好行李，坐下。一会儿，火车准时出发了。唉，还好，挺准时的嘛。坐火车之前，我就听说了一个关于印度火车的笑话：火车总是晚点的，晚多长时间是没有人知道的，但早早晚晚总是会来的。当然，我们这是始发站。火车的车速似乎不慢，但左右摇晃得厉害，间或还有挺剧烈的颠簸。因为第一次乘印度的火车，还特地去看了看车厢另一头的卫生间。原来，每节车厢配有两个卫生间，一个门口标的是"西式"，一个门口标的是"印式"，跟我们国家的蹲式一个样子。两个卫生间的便器都是直接排到轨道上，没有冲水。但是，卫生间本身都带着一个小洗手池，池上有一面镜子，还配着洗手液。另外，卫生间外面还有一个小的洗手池。

火车开动之后不久，就有一位检票员来检票了。他拿了一张密密麻麻的旅客名单，很认真地一个一个地核对着。在印度，买火车票就像我们在国内乘飞机一样，要提供人名和身份证件号码，是实名制。不过，检票员并不严格，我们一干人等，还有一个旅行团队，他只看了领

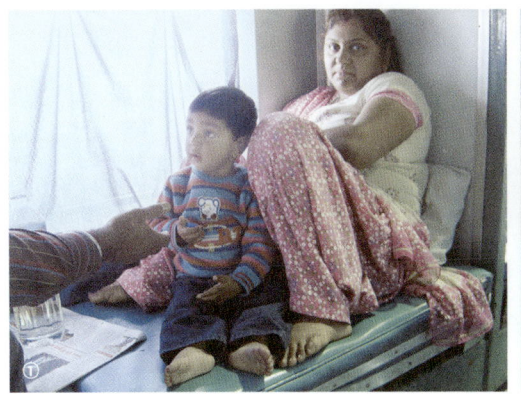

①二等车厢的乘客
②头等空调座位车厢的服务员
③火车上的二等卧铺车厢

队的票，数了数人头，就过去了。他走了之后，再来的就是车厢服务员了，共两个人，穿着蓝灰色的长袖衬衫和灰白小方格马夹，还打着领结呢！他们系着围裙，戴着帽子，没有小推车，用托盘一次一次地送这送那。第一次是每人一瓶矿泉水；第二次是每人一个小托盘，里面有一包小饼干，两颗糖，一只一次性杯子、一小袋茶叶、一小包白糖和一小包奶粉。服务员会问你："要咖啡吗？"如果需要，他还会给一小包咖啡。第三次是每人一小保温瓶开水，旅客可以自己给自己泡茶、冲咖啡了。

服务员第四次来，是收走这些家伙什。第五次，是送来真正的早餐，有面包、黄油、果酱、油炸土豆泥和土豆条。第六次，是收走这些。第七次，是来送印式口香糖、牙签。这印式口香糖，其实就是茴香籽加冰糖，一些饭店也在门口提供，放在一个大盘子里。不过，在火车上，这个盘子可不大，顶多只占服务员手里大托盘的一半，牙签放在一个很小的圆桶里，更不占地方。这是为什么呢？原来，旅客该付小费了。

收完了小费，服务员再也见不到了。我吃饱了，有点困了，正在昏昏欲睡之际，突然喇叭响了，到站了。列车上原来是有广播的，但只在快到站的时候才响，提醒旅客前方到了哪一站，列车会在那一站停多久。广播先是用印地语，后是用英语，说完之后，便再也没声音了。新上车的旅客依然是对名对号，检票员又很快出现了、然后消失了。一节核定载客69人的车厢，除了我们十几个人的小团队，其他旅客不到十个人。如此空闲，让乘警也有工夫来跟我们聊聊天。

这个胖胖的乘警叫卡诺吉亚，已经在铁路上干了30年了。他好像是个挺快乐的人，也挺能"侃"的。他告诉我们，乘坐的这列火车一共有8节车厢，8个检票员，16个服务员，3个乘警，还有别的工作人员。除了遇到节日什么的，这列火车一般不太挤，因为票价比较贵。但

乘警卡诺吉亚和他的同事

3个乘警，警力配备还不够，起码有5个人才能应付。好在每个火车站都有警察局，车行途中发生的事情，完全可以交给下一站的警察局来处理。我问他，如果遇到逃票的怎么办？他说：逃票的情况是有的，但是不多，因为一旦被发现，就要罚款3000卢比，如果交不出罚款，就要坐两年牢。我有点不太相信如此严厉的惩罚，怀疑自己听错了，我又问了一遍，卡诺吉亚再次给了我肯定的答复。

我问了火车的大概情况，还继续跟卡诺吉亚聊着。他是乘警，月薪有1800卢比，有8个孩子，妻子是家庭主妇。全家人住在一套两居室的公寓里，每个月的房租就要800卢比。好在两个大儿子已经结婚搬出去了，大女儿马上也要结婚了。他有5个女儿。他觉得他的收入还不错，嫁女儿也不一定要赔很多嫁妆的。

火车准时到达我们的目的地。正午的阳光炙烤着大地，来来往往的旅客在站台上不急不忙地穿行着，当地导游在车厢门口接到了我们，把我们送到了继续前行的汽车上。一天之后，我们又到了回德里的火车站台上。

已经是黄昏时分，火车晚点了。我们在站台上溜达着，有时间感受印度的火车站了。火车站站台本身，就跟我们坐的火车一样，老了，

① 站台上卖手表的小贩
② 站台上卖小吃的货摊

旧了，但还能用。站台上有出售食品和各种旅行用品的小亭子，也有脖子上挂着一个大盒子卖香烟、甚至是卖手表的小贩。刚出站的列车门口确实坐着人。从刚到站的火车上下来的旅客，懒得过天桥的，就抄近道从铁轨上直接通过。不时地有行李搬运工来来往往，他们都穿着红色的工作服，还戴着臂章，头上顶两个旅行箱，一只手扶着，另一只手还可以再提一件小行李。站台上还有几个乞丐，他们站在旅客身边伸出脏乎乎的手来，锲而不舍地等待着怜悯和施舍。还有两个流浪汉，坐在站台的休息椅上，旁若无人地发呆冥想。

火车晚来了半个小时，比我们想象得要好得多。但是这一次，上下火车的人就不像在德里了。按理，是先下后上，可火车停的时间短，一些送行李的搬运工迫不及待地顶着、扛着、提着、拉着、拖着行李往火车上挤，行李的主人当然不发话，列车的工作人员也不知道在哪里，等着下车、上车的旅客好心情地不声不响，反正，最后该上的都能上，该下的都下了。

车上的服务，同我们来的时候一样，只不过这一次是正餐，服务员来来回回的次数更多了。警官卡诺吉亚正好又当班，我们点点头算是打了招呼。车厢基本坐满了，他也没有了跟旅客聊天的机会，但他在火车到达德里的时候，居然送给我同事小孩一朵包在玻璃纸里的挺精致的玫瑰花，祝贺他旅行顺利、平安到家。联想到这一次火车旅行的见识，不觉莞尔。

昌迪加尔一路行

印度朋友得知我要去昌迪加尔，很是不解："昌迪加尔？昌迪加尔有什么可看的？不过是一个规划很好的城市而已。"然而说出来也许令人难以相信，昌迪加尔，是印度两个邦政府、一个中央直辖区政府的所在地，说得通俗一点就是：昌迪加尔，是印度三个"省"的省会城市。这究竟是怎么一回事呢？

这还得从印巴分治说起。1945 年 8 月，巴基斯坦和印度自治领相继成立，两国实际上获得了独立。独立伴随着分治，统一的印度被人为地一分为二，从前的旁遮普省被拦腰肢解，东部归印度，西部属巴基斯坦，而前旁遮普省的省会城市拉合尔被划到了巴基斯坦的版图内，印度的旁遮普邦就需要新建自己的首府所在地。

其时，东旁遮普地区的所有城镇都缺乏必要的公共设施，特别是饮水设施和下水道系统，甚至都没有学校和医院，联邦政府连一个合适改造成首府的地方都找不到。加上分治造成的难民潮使人口猛增，政府也需要找地方安置他们。为了解决这些问题，在尼赫鲁总理的大力支持和推动下，印度政府决定在首都新德里以北 240 公里，罗巴尔（Ropar）行政区所属的什瓦利克（Shivalik）山麓下，划出一块 114.59 平方公里的土地，兴建新的首府，并以该地区一个小村子的名字来命名这座新城，"昌迪"是"力量之神"的意思，"加尔"是"碉堡"的意思。

然而，印度独立之后的行政区划问题并不是在独立之初一次性解决的。从 20 世纪 20 年代开始，印度人就有按语言建立邦区的要求，印度独立后这种呼声更高，联邦政府为此先后任命了两个委员会来调查建立单一的语言邦的问题。旁遮普邦的西北部以讲旁遮普语的居民为主，东南部则以讲印地语的居民为主。多年来，他们也强烈要求建立各自的语言邦。1966年11月，联邦政府将旁遮普邦东部划出成立新的哈里亚纳邦，而原旁遮普邦的首府昌迪加尔则位于两个邦中间。很自然地，旁遮普邦和哈里亚纳邦都希望把昌迪加尔划入本邦的范围并作为本邦的首府，并为此闹得不可开交，于是，联邦政府干脆就决定将昌迪加尔划为联邦中央直辖区，不属于任何一个邦，但又同时作为两个邦的首府。昌迪加尔当然也同时是中央直辖区的首府所有地。

一大早，五点钟，天还没有亮，我们就从德里出发了。出了城，没过多久，昏昏欲睡中，突然发现，我们行驶在一条双向6车道的崭新的快速路上，一条比去阿格拉参观泰姬陵更宽更平更直的路，沿途经过的村镇店家更少。换言之，这是一条马车牛车拖拉机更少、行驶更快捷更安全的路。我们的面包车终于开起来了，好爽。七点钟左右的时候，车停下来休息。就在那个休息区，我得到了昌迪加尔之行的第一个震惊。

在休息区里，我毫无目的地溜达着，发现旁边有一个小小的围起来的地方，这是做什么的呢？印度人的生活弥漫着宗教的气息，我想当然地以为，这也许又是一个祈祷的地方吧，就像村头的小神庙。结果一问，原来这是一个停放濒死的人的地方。据我们的印度司机介绍，印度有很多穷人，因为生病或者某种原因即将死去、家人已经明确知道无力回天的时候，就会把人放在这里等死，而不愿意人死在家里。我们所有的人都大为震惊，感到不可思议。本来不知原委、一只脚都已经踏进这块小围栏、想着转一圈看看新鲜的同事，立马儿把脚收了回来。我们大家都不理解，这是过去的事情，还是现在的事情？那块大大的蓝色的罩布底下，是不是真就躺着一个即将死去的人？怎么看上去不像有一个人形呢？那里面到底是什么？司机言之凿凿，我们面面相觑，不知是真是假，太令人震惊、太不可思议了。

来自休息区的震惊

继续前行，我们的第二站，是昌迪加尔城外的一个公园——"平卓雷花园"（Pinjore Garden）。从一个不太起眼的小门进去，突然有一种豁然开朗的感觉。这是一个典型的莫卧儿王朝时期的花园，最大的建筑特点是对称。但有意思的是，这个花园是一个由高到低的七级花园，入口处是最高一级，看上去园子不大，但一级一级地走下去，花园越来越大，视野也越来越开阔。设计和建造这个花园的，是奥朗则布最信任的中尉和建筑师费代伊·汗（Fidai Khan），他在旁遮普总督的任上发现了这个地方，非常喜欢，就设计建造了这个花园。他还是拉合尔一个很大的穆斯林清真寺（Badshahi Mosque）的设计建造者。这个奥朗则布就是莫卧儿王朝建造了泰姬陵的皇帝沙杰汗的第三子，泰姬陵建成没多久，他篡了位，自己在德里做皇帝，把父亲囚禁在阿格拉堡至死。不过，看过了泰姬陵，那个莫卧儿建筑的巅峰之作，实在是"五岳归来不看山"，我们并没有在平卓雷花园停留多久。

平卓雷花园的入口，也是最高一级。

　　登上车再出发，我们终于到达了昌迪加尔城，这还真是一个有特色的现代化城市呢！

　　当印度联邦政府决定平地建设一座新城时，也同时认为，本国缺乏称职的建筑师，需要借助"外脑"。1950年，政府首先邀请了美国建筑师阿尔伯特·梅耶担纲设计规划新城的工作，但当年8月31日，梅耶的主要副手马修·诺维斯基遇空难逝世，使梅耶自觉没有能力再继续工作而请辞。接手任务的是瑞士裔法籍建筑师柯布西耶（Le Corbusier）。柯布西耶提出了"集生活、工作和健康"于一体的总体规划目标，并以"人体"为象征进行了城市布局结构的规划，昌迪加尔因此就像一个躺倒的巨人，"大脑""神经中枢""心脏""左手""右手""血管神经系统""骨架"等一应俱全。全城按阿拉伯数字分区，道路交通按照不同功能分为不同等级，横向干道和纵向干道直角正交，还

① 平卓雷花园门口的大树
② 平卓雷花园门口的小摊点

有一个掩映在绿地系统中的人行道和自行车道交通系统。据印度《商业标准》2005年6月17日报道，据统计，昌迪加尔拥有155000多辆四轮机动车和395000多辆摩托车，平均每1.7人就拥有一辆机动车，是印度拥有机动车数量最多的城市。

我们这些旅游者，基本都在德里工作，对德里的交通状况和卫生状况实在是不敢恭维。我这个新驾驶员，更是对德里道路上数不清的交通环岛头疼不已，怕那些横冲直撞的大公共，挤不过那些到处乱钻的小蹦蹦，对风驰电掣的摩托车更是提心吊胆。环岛太多了，再加上没有明显的路标，还常常迷失方向。但是在昌迪加尔，这个问题不存在，宽阔整洁的马路，规范有序的车流，给人的感觉非常舒适，开车的德里司机很容易地就找到了商业区、行政区、旅游区。

昌迪加尔市容

昌迪加尔还有一个地方值得一去。这个地方，正名叫"岩石花园"（Rock Garden），但人们都叫它"垃圾公园"。这里面又有一个真实的故事。当年建城时，有一个道路工程监理，也是政府公务员，叫列克·昌德（Rek Chand）的，突发奇想，要用工业垃圾铸造雕像。从1958年到1965年，退休的昌德没什么要紧事做，就每天在城市里逡巡着，用自行车把捡到的破烂儿驮到什瓦利克山脚下的一个棚子里，拼铸成各种形态的鸟、动物、人形以及抽象的东西，作品越来越多。到了1972年，由于城市扩建，昌德的秘密被发现。

当地政府闻讯后，不仅将其作品保护起来，而且还发给昌德工资让他完成了自己的梦想。1976年，岩石花园正式对外开放。这个由岩石、煤渣、废品建起来的花园，使历史短暂、没有古堡和神庙的年轻的昌迪加尔，也有了自己的值得骄傲的一景。

走进花园，立即就能产生"自古华山一条道"的感觉。岩石、煤渣、废轮胎、废电插头等说不出名的工业垃圾堆成的假山、小路、拱门，巧妙地为参观者设计出了路线，只要一直向前走，就可以看到花园里所有的一切，最令人叫绝的是，5000多件用碎瓷片、碎陶片等拼铸成的大大小小的雕像，组成了一个又一个浩浩荡荡的舞女、士兵和动物方阵，令人眼前一亮，大呼有趣。

①②岩石花园一角

离开了昌迪加尔，我们并没有直接回德里，而是又拐进了一个小镇。这个小镇，叫库鲁克舍特拉（Kurukshetra），据说是印度两大史诗之一的《摩诃婆罗多》里所叙说的发生大战的"俱卢之野"所在地。

我没有读过这部据说是世界上最长的史诗，甚至不知道有没有中译本，只在不同的地方看过不同的介绍。这部史诗大约成书于公元前 400 年到公元 400 年之间，共 18 篇，由近 10 万诗节组成。书名的意思是"伟大的婆罗多族的故事"，主要讲述了婆罗多王室的两支后裔——般度族兄弟与俱卢族兄弟——为争夺王位继承权而进行的一场战争，含有大量的宗教、哲学、政治和伦理内容。

①②③④岩石花园一角

印度笔记

　　库鲁克舍特拉据说就是这场大战的发生地，两族人大战18天，50万人丧生。那里原本没有河流，但大战之后，战场上突现了三个泉眼，从此水流成河，再旱的天也没有干涸过。现在，这里已经成了印度教的一个圣地。我们在那里慢慢地看着，因为实在是不太懂印度教的规矩，担心无意间冒犯了神灵，不敢多拍照，问当地人一些事情，也因为语言不通而作罢，这里的人大多讲印地语。河里有人在洗澡，那是很神圣的仪式吧。河岸边的小路上，朝圣的人、做小买卖的人、普通行路的人，各不相扰，各自关注着自己的事情。公路两边，小商铺鳞次栉比，生意人高谈阔论。

　　是啊，史诗是不能忘记的，生活也是要继续的。天色已晚，我们不得不离开了。

①②库鲁克舍特拉小镇一角

库鲁克舍特拉小镇，在河边沐浴的人们。

寻佛散记

圣地寻佛是国人到印度的首选参观项目之一。因为时间有限,交通不便,我没能遍访四大佛教圣地——蓝毗尼、菩提迦耶、鹿野苑和居师那迦,而只是造访了菩提迦耶和鹿野苑,同时还参观了那烂陀寺(Narlanda Temlpe)、竹林精舍(Kalandaka Venuvana)和灵鹫山(Gridhakata Hill)。虽然有些遗憾,也很辛苦,但更多的是满足,是震撼。

佛教是在印度产生的,但却在印度本土没落了,目前印度全国人口中的佛教徒还不到 0.8%,我们现在看到的很多佛教遗迹都得益于玄奘的贡献,他的那部《大唐西域记》被公认为是研究印度历史和佛教历史的经典之作。

为了节省时间和开支,我们先坐火车从德里到了比哈尔邦的首府帕特那,再从帕特那转乘汽车,第一站是那烂陀,90 公里的路程,吉普车一共走了三个多小时。我这个从来不晕车的人,也被乡村小路颠簸得五脏六腑大错位,差一点就要坚持不住了。及至走进位于一条窄窄的柏油马路上的那烂陀寺遗址公园的大门,仍然头疼恶心得厉害,没有一点儿精神,甚至因为又被正午的阳光烤得口干舌燥、汗流浃背而有些迷糊了。

然而,等到我走进那片废墟的时候,刹那之间,突然就来了精神。天哪,我看到了什么?居然有如此宏大的建筑,就像看到了一个佛学盛世。那是一片红色砖石砌成的建筑群,不是印度教徒喜用的红砂石,更不是莫卧儿帝国皇帝们钟爱的大理石,因为年代的久远,有的已经变成

那烂陀寺遗址

了黑色。遗址由佛塔、讲经堂和僧院组成，中心是一座高高的佛塔。出于文物保护的需要，我们只能远观，不能近看。

据说，佛陀曾在此地宣法，涅槃后不久便由印度国王在此建寺，前后共有6位国王参与了建寺工程，因而使得其规模日增，到公元7世纪戒日王时达到方圆近25平方公里、藏书九百万卷、有万余僧人学者在此居住的鼎盛时期。玄奘在《大唐西域记》里记载那烂陀寺：

宝台星列，琼楼岳峙，观竦烟中，殿飞霞上，生风云于户牖，交日月于轩檐，羯尼花树，晖焕其间，庵没罗林，森疏其处……印度伽蓝，数乃千万，壮丽崇高，此为其极。

那烂陀寺在佛教史上具有重要地位，曾经是古代印度佛教的最高学府和学术中心，培养出许多著名的佛教僧人，玄奘便是其中的代表人

①②③那烂陀寺遗址

物之一。可惜13世纪时那烂陀寺毁于战火，后虽一度恢复，但不久便又湮没于杂草丛中，1861年才重新被发现。直到1915年，英印政府开始考古挖掘。我们现在所能看到的，就是仍没有完全结束的考古挖掘出来的遗址。

那烂陀寺名为寺院，实为大学，其涉猎的学术范围非常广泛。除了佛教学说和经文之外，还传授婆罗门教的吠陀典籍以及逻辑学、文法学、医学、数学、艺术、建筑和农学等学科。在戒日王的庇护下，那烂陀寺的僧众学人衣食无忧。在学习方面，那烂陀寺采取的是研讨辩论的形式，学僧们个个精于思辨和清谈，而这偏偏又使得佛教渐渐地理论化，佶屈聱牙得越来越让普罗大众难以理解。佛教学术化和理论化的黄金时期，却同时变成了佛教与普通信众渐行渐远、在印度走向衰落的转折点。伟大的辩证法在这里又一次显示了它的威力。这就是我在那烂陀寺遗址上看到和想到的最主要的东西。

寺庙门口的僧侣

那烂陀寺所在的比哈尔邦现在是印度最落后的大邦之一，年人均收入约为94美元，42.6%的人口生活在贫困线以下，吉普车花3个小时才能走90公里就是一个例证。近年来，比哈尔邦政府想到了"文化搭台，经济唱戏"的招数，正准备在那烂陀遗址附近建设几所国际性的大学，吸引更多的外国投资呢。

距离那烂陀寺几公里之外的地方，我国政府捐资修建了一座玄奘纪念堂。遗憾的是，它位于我们的来路上，要再退回去参观，时间不够用了。就在我们还在叹息着不能退回去参观玄奘纪念堂的时候，小车又掠过了离那烂陀寺不远的中华寺，据说那是一位广东僧人在1910年时建造的。我们没有停下来，而是继续前行，半个多小时之后，便来到了竹林精舍。

竹林精舍，真不知道是哪位先哲译出的，精彩得很！这是古代印度著名的佛教寺院，玄奘的《大唐西域记》里也有记载。这个园子，曾经种满了竹子，属于一位名叫迦兰陀的豪贵，所以，原名叫作"迦兰陀竹园"。当迦兰陀遇到佛陀之后，顿起佛心，遂为佛陀修建精舍，请佛陀在园内讲经布道。佛陀在世时，经常在此地居住，寂灭后，其弟子在此地塑造了与佛真身一样大小的塑像。精舍东面还有阿育王建造的佛舍利塔，附近还有迦兰陀池塘。

①②竹林精舍遗址
③迦兰陀池塘对面的坐佛像

　　走进竹林精舍，迎面便是十几丛紧紧生长在一起的竹子，遮天蔽日，令人顿感凉爽与清静，正是修身养性的好地方。微风吹拂，竹林里传来的响声，似乎是佛门弟子正在专心诵经。再走近一些，便看到了一个不大的长方形的池塘，池塘的对面还有一尊高大的坐佛像。不知道这是不是就是记载中的迦兰陀池塘，但肯定不是当时的佛像，至于精舍在园子里的准确位置，甚至是不是就在这所园子里，考古学者还没有结论。

从竹林精舍遗址远眺灵鹫山。

漫步在这个不大的园子里，竹林里传来的诵经声不绝于耳，我突然感到，自然界的俗物其实生来就具有宗教的神秘和清高的特性，只是我们这些俗人没有发现。中国古代文人士大夫们"不可居无竹"的雅好不知道是不是正是来源于此呢？

可也正是想到了"不可居无竹"，我马上又联想到了"不可食无肉"，一下子就感到饿极了，我们只在火车上吃了两片面包，而这时，已经是下午两点了，同事中也已经有人在嚷嚷着要找饭店吃点东西了，可见我们到底还是俗人。匆匆忙忙地找了一家看上去还算干净的小饭店，打开菜谱，居然还有中餐。为了赶时间，我们有的点了蛋炒饭，有的点了素炒面，狼吞虎咽、风卷残云般解决战斗之后，急急忙忙地奔赴不远处的下一个景点：灵鹫山。因为司机告诉我们，那里下午三点关门。

灵鹫山，也是印度古代的佛教圣地，从竹林精舍就能看到山的全貌。远望灵鹫山，层峦叠嶂，郁郁葱葱，因正峰峰顶形如鹫鸟，故得名"灵鹫山"。佛陀曾在此山驻留12年，峰顶仍留有一座古平台遗址，便为佛陀当年的讲经处。中国的晋僧法显和唐僧玄奘都曾来过此地。

我们乘坐缆车上得山来，迎面看到的是一座水泥、石灰建造的佛

寻佛散记

日本人捐赠的寺庙

多宝山上日本僧人1969年捐赠建造的"世界和平塔"。

塔，再向前走，是一座日本僧人捐资建造的寺院，不免有些失望。一问才明白，原来，这里不是我们要参观的灵鹫山，而是相邻的多宝山，我们看到的佛塔是日本僧人建于1969年的"世界和平塔"，乘坐的缆车也是日本僧人花钱建造的。沿着另一条山路前行，大概还要再翻越一座不高的山峰，半个小时之后，我们来到了最想看的地方。一路上，我们还看到了许多大大小小深深浅浅的石窟，据说当年的僧人就住在那里面。

佛陀讲经处的遗址，其实是笈多王朝时所建的佛塔残座遗址，被围成了一个四方形，三面都是峭壁，被松林云海环绕着。有一个胖胖的僧人，已经在那里焚上了香、摆好了花，我们每个人都脱掉鞋子光脚走上去，在僧人的帮助下跪到硬邦邦的土地上，上香、献花、祈祷，当然，还要做一点儿贡献。我不是佛教徒，不想跪拜，只是来参观古迹的，但胖僧人似乎有点内功，他的两条胳膊一拉一带，由不得我有半点抗拒，不得不跪了下去。后面还有人在排队等着，我没有多说，也没有多想，佛陀在上，我并非对您不敬啊！站起身来，走出遗址，朝前望去，想象着佛陀在此地讲经布道的情景，该是多么地壮观，又是多么地宁静。

对灵鹫山我还有另外一层的亲近。我是在杭州长大的，很小就听说，灵隐寺里的飞来峰就是从印度飞来的，那座山的名字就叫作灵鹫山。话说在很久很久以前，飞来峰的所在是一个民风淳朴、宁静祥和的小村子。可是有一天，突然来了一个游僧，他挨家挨户地跟人讲授佛经，并且说，某日某刻，将从西天飞来一座山，把整个村子都压在下面。村里人哪里信他，只道是疯人疯话，照常日出而作，日落而息，安安稳稳地过日子。游僧并没有走远，他在村子边上住了下来，还是不停地找人说他的经文和预言，并且因为预言的时间快到了而越来越着急。也是巧了，那一天，那一刻，正是婚娶的好时辰，村子里正好有一家人娶媳妇，全村的人都看热闹去了。眼看着西边的天色越来越暗，游僧什么也顾不得了，他冲进了正在拜天地的喜堂，在众人还没明白出了

隔山远望佛陀讲经处遗址

灵鹫山上的佛陀讲经处遗址

什么事情的时候，背起新娘子就往村外跑。这还了得？所有的人都叫着喊着甚至是举着镰刀锄头追了出来，除了几个实在是年老体弱的人。在地下狂奔的人没有注意到，这时，有一片硕大的乌云从他们的头顶上飞了过去。背着新娘的僧人跑不动了，村里人都追上来了，他们正要兴师问罪，僧人喘气如牛，说不出话来，只是指着村子的方向，大家回头看去：村子不见了，村子的地界上突然耸立起一座山峰。

印度笔记

摩诃菩提寺，全世界佛教教徒心目中最神圣的地方。图中正在维修。

　　游僧的话应验了，游僧抢新娘的举动救了全村人的命。所有的人都跪了下去，感谢这位不知从何处来的游僧，并顿时都变成了虔诚的佛教徒。游僧告诉众人：此山是来自西天的灵鹫山，乃为神物，要留住它，必在山体上雕凿佛像，在山旁边建造佛寺，事佛礼佛，佛陀便可保一方平安与富庶。

　　话音刚落，又是一阵风，游僧不见了。众人明白了，他们见到了佛陀。

寻佛散记

①②③④⑤摩诃菩提寺院内一角

⑥摩诃菩提寺院内的僧人
⑦摩诃菩提寺院内的蛇王像。传说悉达多在湖边的菩提树下苦思冥想到第六个星期的时候，天降大雨，雷电交加。湖中的蛇王跃出水面，用自己的身躯裹住悉达多，用自己的头为悉达多挡雨。后人因此塑蛇王像以纪念。

195

这个关于飞来峰和灵隐寺的故事是我小时候听说的，一直到现在也没有忘记。

离开灵鹫山，我们接着向菩提迦耶赶的时候，天色已晚了。菩提迦耶，是悉达多悟道成佛的地方，在四大佛教圣地中最为重要，整座小城都布满了各国佛教徒修建的具有各国特色的佛庙。当然，最重要的还是摩诃菩提寺。第三天，我们还在瓦伦那西附近参观了鹿野苑，即佛陀初转法轮的地方，那里还真有梅花鹿呢！

只是，这两处地方，并不像我想象的那样人气旺盛，香烟袅袅，我到过的国内佛寺都比之有生气和活力，更不必说长假期间的灵隐寺了。问了问，不多的香客和礼佛的人中间，还有来自斯里兰卡、新加坡和中国香港、甚至中国内地的僧人呢。摩诃菩提寺里面的旅游品商店、外面的售票处和书店的营业员，更外围的旅游品商店里的店主伙计，还有鹿野苑的管理人员都是清一色的印度人。再问一问，他们大多数都不知道佛陀是谁，一辈子也没读过一本佛经，他们都是印度教教徒，拜的是印度教的梵天、湿婆和毗湿奴。如果不是近两年印度经济发展，开始重视旅游，佛陀觉悟和第一次布道的地方，在全世界上亿佛教徒心目中的圣地，也许还不是现在看到的样子呢。

这是佛教的幸还是不幸？

不过，佛陀是不会介意这些的，是不是？

我佛慈悲，阿弥陀佛！

①紧紧地挨着摩诃菩提寺的著名的大菩提树
②菩提迦耶的大中华寺
③鹿野苑一角
④鹿野苑一角。著名的达美克塔，最初由阿育王所建，后世曾不断地扩建和维护，现仍在维护中。

鹿野苑一角

①鹿野苑一角。照片中的这群人来自斯里兰卡，都是佛教徒。
②鹿野苑里的梅花鹿

恒河、杜尔迦节和印度教

题目上的这三个名词之间有什么关系吗？有的，我们圣地寻佛之外，还游览了位于瓦伦那西的恒河。那一天，正是杜尔迦节的最后一天。而无论是恒河还是杜尔迦节，都跟印度教有着密切的关系。或者说，正是因为沿途看到了印度教教徒欢度杜尔迦节的场景、因为在恒河岸边看到了印度教教徒洗浴、焚尸的场景，让我对印度教有了更直观的了解。

那么，印度教到底是什么呢？我说不清楚。就是印度人，如果不是宗教领域的专家学者，大概也说不清楚。马克思曾经评论印度教"既是纵欲享乐的宗教，又是自我折磨的禁欲主义的宗教；既是林加崇拜的宗教，又是札格纳特的宗教；既是和尚的宗教，又是舞女的宗教。"印度教综合了多种信仰，没有单一的信条，是多神教，佛陀也是印度教的诸多大神之一，但多数的印度教教徒只向其中的一个或几个大神礼拜。对印度教的教徒来说，印度教不仅是一种宗教，而且还是一种哲学和生活方式。

从大的方面来讲，作为一种宗教，印度教认为人类的灵魂永存，主张通过智慧、信仰和行动来实现个体灵魂与无所不在的精神的最终统一，即"梵我合一"。印度教的大神梵天、湿婆和毗湿奴都是这个"梵"的具体化。印度教宣传因果报应和生命轮回，主张非暴力、不杀生。种姓制度，是印度教的一大特点。

而在我看来，印度教还有一大特点，就是节日特别多，每一个节日的背后都有一个或者几个宗教故事，每一个节日都是全体印度教徒狂欢的日子。他们对自己所崇拜的神的最虔诚的礼拜，也许就是完全投入地、大张旗鼓地过节。据说，印度教的大节日一年有140多个，小节日就数不清楚了。节日的庆祝活动，时间长短不一，规模也大小不一，重要的节日是全国放假的。

杜尔迦节，就是印度教的一个重要节日，虽然还够不上全国放假的层级，但在某些地方，例如在西孟加拉邦还是放假的。据说，很久很久以前，有一个可怕的凶神阿修罗，他变身为水神，折磨众神，并最终把众神赶出了天堂。众神无奈，只能向梵天祈祷并向湿婆和毗湿奴求援。湿婆和毗湿奴得知阿修罗的暴虐之后，怒发冲冠，喷出一种特别的火焰，先照射到整个宇宙，然后变成了一位漂亮的女神，这就是杜尔迦女神。杜尔迦女神向四周伸出手臂，向阿修罗开战。阿修罗应战。双方打得地动山摇。罪大恶极的阿修罗终于被杜尔迦女神用宝剑杀死了。众神和百姓都高兴万分，纷纷向杜尔迦女神感谢祝贺。美丽、善良、正义而且有力量的杜尔迦女神道："你们有什么困难，尽管道来。"

"杜尔迦母亲，当我们遭遇灾难时，就请来解救我们吧。"

"完全可以。"

从此，印度教徒为了纪念和感谢杜尔迦女神除暴安良、匡扶正义的功绩，就在每年雨季结束、风和日丽的凉季来临的时候，欢度杜尔迦节。

对印度教教徒而言，到圣河沐浴，是一生中最重要的事情。而恒河，在印度教教徒的心目中，是最神圣的圣河。传说中，恒河女神为了洗清古代阿约迪亚国国王萨伽尔6万个儿子的罪孽，下凡到了人间。为了避免下凡时冲毁大地，她就先落在了湿婆的头上，湿婆因此又成为恒河的保护神。湿婆在印度教中本是掌管生死的。因此印度教教徒认为，恒河水是神圣纯洁的，在恒河里沐浴可以洗去人生的一切罪过，可以净化灵魂。死后如果能在恒河岸边火化并将骨灰撒入恒河，则可以免受轮回之苦，直接升入梵界，与梵合为一体。

一路从帕特那乘车到那烂陀，我们有机会看到了印度人是如何度过杜尔迦节的。

途经每一个村庄、每一个大的集镇上，我们的车都像蜗牛在爬行。因为，总有一个或大或小的神棚临时搭建在路边，里面是向四周伸出手臂跟凶神阿修罗作战的杜尔迦女神，旁边或者是她的部将造型，或者是阿修罗被打败的造型。神棚的两侧总有高音喇叭，不停地播放着在我听来永远千篇一律的印度音乐。不断地有人进出神棚，拜神求福。有的大地方，不仅搭有供奉杜尔迦女神的神棚，还搭有唱戏的台子。街道上人山人海，卖东西的小摊贩比比皆是，有的还现场支起了大油锅，现做现炸现卖一些小零食。

夜幕降临之后，黑黢黢的公路上，因为不时出现的这些神棚和节日聚会点而变得繁星点点，煞是好看。印度电力不充足，城市之间的公路是没有路灯的，乡村小路上就更没有了。偶尔经过的小村子常常漆黑一片，但节日的聚会点就不同了，彩灯高悬，跟小摊子上的马灯和蜡烛一起，让一段不长的公路变得五彩斑斓，人声鼎沸。最有意思的是，和着神棚旁边大喇叭里放出的音乐，总有一些小伙子三五成群地围在一起，强烈地扭动着身体，跳着欢快的舞蹈。我们的车，就在人群中慢慢地穿行，不时地听到有人"呼呼呼"地用手掌拍车的声音。

而这一切，在从离瓦伦那西40公里的莫卧儿萨拉伊火车站到瓦伦那西市区的一段路上，看得就更真切了。但是，越接近瓦伦那西，我们发现神棚越来越少了，原来，杜尔迦女神们都上了大卡车了，卡车上拉着电线点着灯，杜尔迦女神照样端端正正地站在众神的中间，年轻人就在卡车下面围着大喇叭跳舞。一问，当天已经是杜尔迦节的最后一天，第二天一大早，人们将把杜尔迦女神送进恒河，送她回家与亲人团聚。

第二天一大早，4点45分，我们就从瓦伦那西的一家宾馆出发，坐车前往恒河码头。可是，车没能开多远，头天晚上在路上看到的那些

流经瓦伦那西的恒河

乘坐着杜尔迦女神的大卡车已经在路边排满了,有好几百米。天还没有亮,有人通宵达旦地在狂欢着,街道上依旧是灯火通明,还有年轻人在跳舞,高音喇叭让人听不见身边人说话。

也许,这就是佛教跟印度教的区别吧!当佛教中人正在那烂陀寺里,操着普通人听不懂的满口的梵语辩论着人生真谛的时候,印度教的众神们正带领着普罗大众狂欢,苦涩的日子得到了暂时的缓解。一个节日过去了,另一个节日接踵而至。严格的种姓制度让人不得越雷池半步,而诸多的节日又让人没有多余的时间和精力来咀嚼和回味他所承受的苦难。生活变得容易了、轻松了。佛教的学术化使其在自己的发源地式微,而与之恰好相反的印度教却大行其道。

瓦伦那西是印度的一座古城,有过许多名字,波罗奈斯、迦尸、贝拿勒斯等,1957年后改称瓦伦那西。恒河自喜马拉雅山麓发端,在印度全境的流向基本上是自西向东的,但就在瓦伦那西,恒河拐了一个弯,自南向北昂头而上,这被印度教教徒认为是非常吉利的。相传,

流经瓦伦那西的恒河

瓦伦那西是婆罗门教和印度教大神之一的湿婆神于 6000 多年前建造的。公元前 4 世纪到 6 世纪，曾是学术中心。公元 12 世纪时，曾为古王朝的都城。佛陀悟道之后，第一次讲经布道的地方，就在离瓦伦那西不远的鹿野苑。印度教诞生之后，瓦伦那西虽然曾经在与佛教、耆那教、伊斯兰教以及印度教内部的教派斗争中屡遭破坏甚至焚毁，但还是逐渐变成了印度教的中心，印度教教徒心中最重要的圣地。

伟大的作家马克·吐温曾经这样评价过："贝拿勒斯的岁月，比历史古老，比传统古老，甚至比传说还要古老。事实上，它看来比所有这一切加起来还要再老上两倍。"不过，老实说，瓦伦那西是我到过的最不可言说的城市。我一点儿也没有污蔑、贬低瓦伦那西的心思，我尊重印度教和印度人，可我说的真的是事实。走在黎明前瓦伦那西的街道上，路边的垃圾就不必提了，隔一二十米还可以看见一个大大的垃圾堆，天亮了以后，还看见有狗和牛在垃圾堆里刨食；睡在路边的，有人，有动物，一只神牛睡在路的中间，真可谓"一牛当道，万车莫行"，

①②流经瓦伦那西的恒河

因为还有人在过节，一路音乐，一路噪声，我真佩服那些还睡得着的人，也许他们是玩得累过头了吧；马路中间的隔离带，是把木棍，还不是完全取直的木棍，用细铁丝草草捆起来的；最要命的是，空气中弥漫着无法形容的味道，令人呼吸困难。

这种情况，一直持续到我们来到恒河岸边。天还没有亮，但恒河岸边已经挤满了人。做租船生意的老板们在人群中穿梭着，找顾客谈价钱。只见到，先下水的一艘艘船上，船头处都端端正正地立着杜尔迦女神。卖花灯的小孩子也在人群中穿来穿去，你不买一盏灯他们不罢休。很快，我们就上了船。

①②流经瓦伦那西的恒河

①朝霞映在恒河岸边
②太阳即将升起的恒河岸边

太阳即将升起的恒河岸边

　　东方欲晓,晨曦微露。我们上船的河西岸依旧是人声鼎沸,不断地有小船驶出。慢慢地,我们看清楚了河西岸那一座座面对着恒河的高大的神庙和富人家的宅邸。在这些高大建筑的前面,就是一片一片的沐浴场了,因为卡德(Ghat),也就是台阶的不同而有所区别,卡德一直延伸到河里。据说,瓦伦那西的恒河边一共有大大小小有名字没名字的卡德80多座,绵延近4公里。卡德都是由印度教教徒捐建的,捐建得越多,积善也就越多。

　　天蒙蒙亮了,太阳快出来了。等待日出的时候,我们的目光都朝向河的东岸,那里悄无声息、荒无人烟。因为,印度教徒认为,到恒河沐浴最好的时间是朝阳初升的时候,那个时候面对着朝阳的沐浴和祈祷最为灵验。人即使死了,也不能到东岸去火化,否则不但要经历轮回之苦,而且不能托生为人。有小贩划船前来售卖纪念品,可我们哪里还顾得！啊，太阳露头了，慢慢地升起来了，回过身来，恒河西岸的所有建筑都笼罩在金色的朝霞里。刚才还不见人影的卡德上已经有了沐浴的人们。他们站在齐腰深的恒河水里，有的正面向太阳祈祷；有的不停地朝身上撩水；有一位父亲，双手抱着一个不大的婴儿，一次一次地下蹲，把自己和婴儿完全没到水里；有几位妇女，相互帮助，或为身旁的人解开长发，或为穿莎丽的同伴整理着披肩；卡德上还有人在洗衣服；年轻人不时地从高高的台子上，"扑通"一个猛子扎进恒河……但愿他们的罪孽已经得到了洗涤，但愿他们的灵魂已经得到了净化。

我们的船继续沿着卡德前行，到了焚尸的地方，有三堆高高的木柴堆已经散发出了浓烟。船夫告诉我们，不可以照相，否则亡灵既不能升天，还会跟着你。有点唬人，但尊重却是必须的，我们都放下了相机。

回返的航程中，我把手伸进了恒河。水有些许的凉意，既不像我想象中的圣河那样的洁净，也不像瓦伦那西城本身给我的那不太美妙的印象，不时地，漂过来几盏花灯，那里面盛满了放灯人的心愿吧。继续前行，天哪，我看到了漂浮在河面上的那些杜尔迦女神，完整的，部分的，还有支架……而那些放归了杜尔迦女神的人们，此时正唱着歌儿心满意足地往回返呢，也许，他们已经在计划着如何欢度下一个节日了。再过不到 20 天，也就是 10 月 21 日，印度教最大最重要的节日——灯节，类似于我们国家的春节，就要到了。

印度教，原来竟是如此地令人轻松快乐。

浮光掠影五名城

　　我只去过德里之外的孟买、海德拉巴、加尔各答、班加罗尔和钦奈五个城市，而且每次停留的时间都很短，参观游览的时间更少，走马看花，但第一眼的印象却久久挥之不去。

　　长居新德里，习惯了这里的红墙矮房，虽然工作辛苦而繁忙，倒也享受这都市村庄的静谧安详。真的，印度首都新德里的中心部分基本没有高楼大厦，一条条绿树成荫的马路两边布满了英国人当年修建的带门廊和花园的平房，英文名叫"bungalow"。报载，德里市政府正准备把新德里的所有 bungalow 登记造册，申请联合国世界文化遗产呢。bungalow 现在不是机关所在地就是达官贵人的住宅，外面有红色的围墙，墙上有铁丝网，重要的地方还有持枪的军警把守。有意思的是，经常可以看到有印度人就在这高贵的 bungalow 的红墙根儿下肆意地"方便"，甚至"大方便"，再加上有时还可以看到流浪的老牛、三五成群的野猴和野狗，所以在我的心目中，新德里是一个"大村子"。

　　及至到了孟买，甫下飞机便有一股久违的现代化气息扑面而来。有经验的老同事告诉我，这种感觉就像是我们国家改革开放初期，长期在北京工作的人第一次出差到上海时的感觉一样。想想看，老同事的比喻还真是很有道理。如果说新德里是印度的政治中心，那么孟买就是印度当之无愧的商贸中心。这是和这座城市的地理位置和历史沿革有关系的。孟买位于印度的西海岸，由 7 个小岛组成，濒临阿拉伯海，是天然的良港。16 世纪的时候，这里还是一个由葡萄牙人管治的小渔村，

印度笔记

孟买街头

孟买的街心花园

到1661年葡萄牙公主凯瑟琳嫁给英王查理二世时，孟买村成了公主的嫁妆。七年后，1668年，英王将孟买租借给东印度公司，小村子开始向大码头转变。1869年苏伊士运河通航之后，孟买逐渐成为国际大商港，以"印度的门户"而闻名遐迩。

①②孟买的街头建筑

　　走在孟买的大街上，车水马龙，人头攒动，不时地，可以看到英国殖民者留下的一些壮观华丽的建筑。其中，最有意思的是位于阿波罗码头（Apollo Bunder）的印度门（Gateway of India）和相邻不远的泰姬饭店（the Taj Mahal Palace & Tower）。印度门面对孟买湾，融合了印度教和伊斯兰教的建筑风格，高 26 米，从外形上看，与法国的凯旋门非常相似。1911 年，为欢迎访印的英王乔治五世和玛丽皇后，让陛下从此门通过，以示孟买是印度的门户，英国殖民当局专门兴建了这

孟买的千人洗衣场

座巨大的拱门。之后，凡有贵宾乘船来访，当局都会在此举行欢迎仪式。颇具讽刺意味的是，1947年印度独立时，最后一支英国殖民军也是经过此门从海上撤离的，大英帝国统治的象征又成了这种殖民统治结束的象征。

与印度门隔街相对的，是著名的泰姬饭店。这是印度最大的私人财团——塔塔集团——的创始人贾姆谢特吉·塔塔于1903年建成的。相传，很久以前，附近有一家英国人开的华森饭店，门口挂着一个牌子："印度人与狗不得入内"。塔塔气愤之余，痛下决心，自己建造了一家饭店，并在门口挂上了："狗可以入内，英国人不得入内"的牌子。直到华森饭店倒闭，塔塔才摘下了那块牌子。泰姬饭店有旧宫新塔之分。旧的宫殿式的建筑部分虽然于1903年就开始营业了，但实际上是边营业边建设，27年之后才全部竣工。而新的高塔式的建筑则是于1972年部分开放，1978年全部完工的两部分，一部分与世界上所有的五星级饭店的标准间、套间无异，另一部分则完全保留了一百多年前的建筑风格和装修样式，虽然已经有了完善的上、下水和冷、热水系统，中央空调系统，DVD、音响和互联网接入系统，但高高的天花板上依然垂坠着四叶的电风扇，宽大的沙发床四周依然竖立着笔直的床柱，紫红色丝绒床幔上依然飘荡着厚厚的流苏……据说，有很多西方游客，到了孟买之后，花再多的钱，也是非泰姬饭店的旧的宫殿式部分不住，要的就是那份说不清道不明的感觉。

如果说，新德里像个"大村子"，孟买像个"大码头"，那么，班加罗尔则像个"大花园"。班加罗尔位于德干高原，海拔900多米，气候宜人，四季花开。早在20世纪50年代，印度政府就将其选定为科技发展基地，是印度的科学城。80年代末90年代初，在印度政府的大力扶持下，班加罗尔开始发展软件业，目前已成为印度的"硅谷"。在班加罗尔的高科技园区里，微软、通用、英特尔、IBM、甲骨文等跨国公司鳞次栉比，印度自己的信息系统公司（INFORSYS）、维普罗

从海上看印度门和泰姬饭店

（WIPRO）和塔塔信息咨询公司（TCS）等也各领风骚。我在班加罗尔参观了信息系统公司的总部，其内部环境与门外的拥挤、肮脏和嘈杂形成鲜明对比：工作区、生活区、教学区和休闲区经过精心设计，由大片的草地加以区分，相对独立。区内的楼房、院落风格大同小异，实用性很强。整个园区是如此之大，来参观的游客要乘坐电瓶车才能在一两个小时内看个大概。

班加罗尔 INFORSYS 总部

    同班加罗尔一样，我在钦奈停留的时间也只有一天。钦奈原名"马德拉斯"，东临孟加拉湾，是印度南部重镇。东印度公司 1628 年就在此兴建工厂，开展贸易，19 世纪时马德拉斯就已经成为印度南部重要的政治中心、经济中心、文化中心和交通枢纽。我第一次知道马德拉斯这个地方，还是很小的时候在国内看过的一部印度电影《大篷车》，讲的是流浪的艺人要到马德拉斯去的故事。坐在小车里看到的钦奈显然不是全面真实的钦奈，而像是看到了一个"广告城"。我从未在印度的其他城市看到在钦奈这样如此密集和巨大的广告牌。是商品的广告还是电影广告，我搞不清楚。广告基本是用大幅的图像和简单的泰米尔语制作的。泰米尔语，它认识我，我不认识它。大幅的图像，则非常的精美，感觉每一幅图像都在讲一个故事一样。遗憾的是，没能拍下一张好的照片来。

    我去过海德拉巴两次，有幸参观了那里的戈尔康达城堡和萨拉尔·琼博物馆，但是对海德拉巴城本身，只记得城里有一个大湖，湖中间有一个巨大的石佛像，街道比较干净，甚至可以说是几个大城市中间最干净的。再就是穆斯林很多，抬眼就可以看到穿着黑袍子的穆斯林妇女。印度是世界上穆斯林人口仅次于印度尼西亚的国家，全国的穆斯林

海德拉巴市中心大湖里矗立的石佛像

①加尔各答的大商场
②加尔各答街景

人口超过了1亿，海德拉巴土邦王就是信仰伊斯兰教的。海德拉巴的标志性建筑叫四方塔（Charminar），位于市中心，旁边是南印度最大的清真寺——麦加清真寺，可以同时容纳1万人礼拜。那里的拥挤怎么想象都不过分，到那里去参观简直可以说是历险。

比较起来，我出差到加尔各答的时间最长，满打满算有两天，看来看去，心里老有一种五味杂陈的感觉。加尔各答的历史比起印度其他古老城市来，不算长。1716年，东印度公司耗资500万卢比在附近修建威廉大城堡，将毗邻的三个村庄连在一起，并将其中一个命名为"加尔各答"，意为"平坦的地方"。加尔各答从此发展起来。1757年普拉西战役后，加尔各答成为东印度公司侵略南亚次大陆的大本营和"英属印度"的首都，迈入空前繁荣的时期，一度被誉为"东方的巴黎"，名头超过上海，直到1911年英国殖民当局决定迁都德里。

加尔各答是印度最大的城市，一天到晚似乎都是吵吵嚷嚷乱哄哄的，不知道街上怎么会有那么多人，也看不出这些人都在做什么。拥挤的道路上，可以看到许许多多大大小小不干不净的汽车，叮叮当当的有轨电车，跟德里一样乱挤乱插的小蹦蹦车，甚至还可以看到类似于中国旧社会上海滩的人力黄包车，让人仿佛进入了一个硕大无边的交通工具博物馆。可是，只要我们把头稍稍地扬起一点，将目光越过有轨电车的顶部看一看路两边的建筑，立即便有一种惊艳之感，紧接着便是一种沧桑之感了。也许我到加尔各答去的时候正赶上了雨季吧，天空灰蒙蒙的，本来已经老旧的各色高大建筑物显得更加破败。然而即使如此，这些高大建筑物的门、窗和阳台上的铁艺护栏依然精美繁复到令人难以想象的程度，而且没有一个建筑物上的铁艺护栏是相同的。位于著名的马坦公园（Maidan Garden）四周的维多利亚纪念馆（Victoria Memorial Hall）、依照英国坎特伯雷大教堂修建的圣保罗教堂（St. Paul's Cathedral）和英式的圣约翰教堂（St. John's Church）、哥特式的作家大楼（Writer's Building）、希腊风格的市政厅（Council House）和邮政总局（General Post Office）、比利时风格的高等法院（High Court）以及马坦公园北面的一大片古建筑群，各自亭亭玉立，巍然屹立，而又相得益彰，和谐共处。东西方文明的相互融合，使得加尔各答散发出一种别样的魅力，所以这里才有了泰戈尔，才有了特里萨修女。

每一座城市都是有灵魂的，也都是有故事的。浮光掠影，走马观花，实出无奈，就算是认个门留下个念想吧！人生的事情，佛陀也说不定，也许我还有机会"故地重游"呢，期待着。

泰戈尔故居内景

热天的回忆

什么叫"热天的回忆",要么夏天,要么冬天,春夏秋冬,这个热天算是什么季节呢?其实德里一年到头,只有热天和凉天。而这个凉天,大概只有 12 月到 2 月算得上,短得很。

现在,已经是 10 月底了。虽然德里每天的最高气温仍然在三十一二摄氏度之间徘徊,但最低气温已经降到了 20 摄氏度左右,炎热的天气终于快结束了。其实,即使在德里,对于一年季节的划分,也有不同的说法。有的说,应该分为热季、雨季和凉季;有的说,应该分为春季、夏季、雨季、秋季和冬季。不知道各种说法的标准是什么。以我的亲身感受,一定要分的话,德里的季节只有两季:热天和凉天,或者,漫长而炎热的夏天和短暂而舒适的秋天。要不然,印度文学巨匠泰戈尔就不会有"生如夏花之绚烂,死如秋叶之静美"的名句了。

如果以每天最高气温超过 30 摄氏度作为标准的话,德里的热天从每年的 3 月中旬就开始了,一直要到 11 月中旬才结束。最热的时候是 4 月到 6 月,每天的最高气温都在 40 摄氏度左右,最高的时候接近 50 摄氏度。可是实际上,室外的地面温度还要高出许多。老有朋友问我,当白天的最高气温达到 45 摄氏度甚至更高的时候,到底是什么感觉?我想了好久,始终想不出恰当的形容。因为,在最热的时候,我们一般能不出门就不出门,外面所有的一切都是烫的,甚至自来水管里流出来的水都是烫的,德里的大街上也没有多少人。据说很久以前,印度人就有一个说法:在大热天里,只有英国人和狗才出门。德里的大街小巷有很多饮用水水站，就是为在热天不得不出门的人准备的，如果不及时大量饮水，在室外活动的人极易中暑。每年，德里都有人因热而死。不得不出门的时候，在推开门之前，要做好充分的思想准备。因为，一打开门，就像揭开了一口刚刚烧干了水的大锅的盖子，热气扑面而来，顿时裹住了全身，双眼会被熏得睁不开，有时候还会流出眼泪来。

可是，就是在这么热的时候，我却发现，如果要到印度人待的地方去，却是不适合穿短袖衣服的，因为不管是用中央空调，还是用老式的窗式空调，主人都把温度调得很低，让刚刚从炎热里来的人非常不适应，往往一进门就喷嚏连连，越待越冷。办完事从冷飕飕的室内到热不可挡的室外，再钻进自己的小轿车需要极大的勇气，方向盘热得烫手，最后回到自己的也有空调的处所，一准儿感冒、发烧。对此，我已经有过N次教训了。反观印度人，我发现他们真是个个应对有道。男士们一般都穿长袖衬衣，有的穿印度的民族服装，长衫之外还加穿一件背心。正式活动的时候，男士们都会穿西装。这个世界还是男人的世界，高贵的地方主要还是为他们服务的，空调当然要为他们而设定温度的。而印度女士，则比较喜欢穿民族服装，个中名堂很多，一般来说分为两大类：莎丽和旁加比。两种衣服穿起来，都有一块大大的披肩，既飘逸又实用。热天在外面的时候，蒙在头上挡太阳，而进入室内后，披肩变成了现成的大围巾。

从6月开始，强劲的印度洋西南暖流夹带着大量的水汽吹遍南亚次大陆，受喜马拉雅山脉的阻挡而在印度形成了季风雨。德里的季风雨一般是在七八月间。季风雨到来之前，几乎每天每份大报纸都会刊登相关的消息：现在到了哪里，雨量有多少，什么时候会推进到什么地方……

且不说季风雨对靠天吃饭的印度农业有多大的影响，热天里的一场雨对暂时地降低一点居高不下的气温，帮助还真是挺大的。要知道，季风雨可不同于江南绵绵的春雨，也不同于北方潇潇的秋雨，我所见到的德里的季风雨是狂暴的、粗野的、一泻千里的，可以将老树连根拔起的。往往在一场雨过后，第二天的各大报纸上都有相关报道：这里淹了路，那里没了桥，这里的路边树砸坏了一辆恰巧通过的小汽车，那里的大路牌被吹得不见了踪影。但是，下雨所产生的降温作用持续的时间很短，热天依旧是热天，并且因为空气湿度很大而更加让人不舒服。那段时间，如果从有冷气的室内到室外去，戴眼镜的人往往会觉得很不方便，因为一出门，镜片上就会立即蒙上一层水汽，什么都看不清楚，就像在北京的冬天，从寒冷的室外走进几十米远的开水房打开水一样，反之亦然。所以，季风雨的季节还应该算是热天。

在热天里，正式的活动少了，达官贵人们能离开的都离开了。早在 1864 年，英国殖民当局就在位于印度北部喜马拉雅山脉余脉的西姆拉建立了夏宫，将西姆拉变成了夏都。虽然殖民者早已成为历史，但在热天里到西姆拉去避暑，仍然是一些有身份的人的习惯，甚至在某种程度上是一种高贵身份的标志。不过，作为一座山城，西姆拉的容量有限，英印当局、还有独立后的印度政府，在喜马拉雅山余脉的很多地方还建设了不少避暑的地方。

"五一"的时候，我就跟着去了其中的一个避暑胜地：穆苏里（Mussoorie）。穆苏里位于印度现今的北安恰尔邦，喜马拉雅山脉的南麓，离德里 270 公里，海拔 2000 米，人称"避暑胜地中的女王"（Queen of the hills）。据说站在穆苏里，向南，可以看到一望无际的印度大平原，绿草茵茵；向北，可以看到喜马拉雅山脉的七座山峰，白雪皑皑。早在 1820 年，穆苏里就出现了由英国军人建造的第一座避暑建筑。渐渐地，穆苏里成为西姆拉之外的另一座著名的避暑山城，特别受到了一些土邦王的青睐，极尽奢华的印式宫殿与相对简朴的英式别墅交相呼应。

虽然只有 270 公里，我们却花费了大半天时间才从德里抵达穆苏里。

穆苏里的早晨

穆苏里的午后

穆苏里一座山峰上
昔日的英军军营

放下行李，吃点东西，就赶着出去看风景。热天实在太热了，穆苏里挤满了从印度各地前来避暑的人，人头攒动，居然让我又感觉到热不可耐。而我们要去看的雪峰，可能还是因为热吧，只见到了绿色的山巅，一点点白色的影子都没有看到。这是不是全球气候变暖的一个缩影？倒是我们住的饭店，给我留下很好的印象。

饭店的名字叫卡斯曼达（Kasmanda），是穆苏里最老的建筑之一，1836年由一位英军上尉工程师设计建成，当时是一座教堂的附属建筑。后来，这里变成英军的一个疗养院。到19世纪末期的时候，这里又成为穆苏里第一所学校的所在地。1915年，这里成为英国皇室卡斯曼达家族的夏宫。不过，这个卡斯曼达家族，我没有搞清楚来历。饭店不大，但迎面的大楼梯却颇有皇家气派，纯木制造，沿楼梯的墙面上挂满了也许是曾经住在这里的人所猎获的虎皮、豹皮，半新的红地毯透出了昔日的富丽堂皇。饭店只有14个房间，每一个房间的装饰都不一样，小巧玲珑，温馨浪漫，但有一种装饰却是一样的，那就是挂满了黑白老照片。照片上的人，从穿着上看，都像是19世纪末20世纪初的人，眼神里都流露出一种似有还无的居高临下的冷漠。

因为事先的安排,我们在卡斯曼达只住了一个晚上。第二天一大早,就返回了。穆苏里的凉爽,我们并没有太多记忆和体验。回程中,在哈里德瓦尔(Haridwar)稍作停留。这可是一个了不得的圣城,其神圣,在印度教中仅次于瓦伦那西。印度教教徒相信,恒河之水天上来,流出喜马拉雅山之后,经过哈里德瓦尔流入印度平原,所以哈里德瓦尔又被称为"恒河门"。同瓦伦那西一样,哈里德瓦尔的恒河西岸,向着东方太阳升起的地方,建有许多浴场,善男信女们在这里沐浴赎罪祈福。据说,哈里德瓦尔有五大恒河浴场,其中,最大最著名的一个叫哈基派利(Hari-ki-Pairi),因为此地保留了恒河保护神毗湿奴(Lord Vishnu)的脚印。每天晚上,都有成千上万的信徒来到此地举行暮祭(aarti)。

我们在哈里德瓦尔吃午饭。饭店临恒河而建,圈出了一小段恒河,供在本饭店停留的人使用。我就是在这里第一次亲近了恒河。恒河水在这里流得很急。我在恒河里洗了手,还脱掉鞋袜洗了脚。没顾得上想什么心愿祝福之类,唯一的感觉是,在炎炎的正午,刚刚从雪山流下来的恒河水,还带着冰雪的清凉,令人暑意大减。放眼望去,除了猜测中的可能是哈基派利的地方还有一些人之外,恒河边上并没有太多的人。

① 卡斯曼达饭店一角
② 卡斯曼达饭店门口的招牌老爷车

印度笔记

　　热天啊，你可实在是威力巨大，你甚至暂时烤掉了世界上最虔诚的印度教教徒的最神圣的圣事。

　　热天啊，终于要过去了，谢天谢地。

① 哈里德瓦尔的恒河岸边。瞧这个不情愿下河的小女孩。
② 哈里德瓦尔的街道
③ 哈里德瓦尔恒河岸边的保护神毗湿奴塑像
④ 哈里德瓦尔的小吃店
⑤ 哈里德瓦尔的银器店

瑜伽国里学瑜伽

瑜伽，在某种程度上已经成为国人印度印象的代名词了。古往今来，在印度，关于瑜伽的论述可谓汗牛充栋。有人说，瑜伽是一种哲学，原古代即已流传于世，但这种哲学到底要了解和解决什么问题，众说纷纭；有人说，瑜伽是一种修炼方术，其目的不在于强身健体、延年益寿，而是为了最终的解脱；也有人说，瑜伽是印度所有宗教派别安身立命的基础，例如佛陀在彻悟之前就曾经花费了 6 年时间投身瑜伽实践，佛教典籍中的信、思、定、慧等概念都来源于瑜伽……

像我这样的凡夫俗子，要全面正确地理解瑜伽，实在不是一件容易的事情。而且我猜想，瑜伽之所以风靡全世界，并不在于其高深的学问部分。世界各地那么多的瑜伽爱好者，恐怕只有很小很小的一部分是研究瑜伽学问的理论工作者，更多地都是练习瑜伽以修身养性、强身健体的普通人。

有机会到印度，我当然也想学习学习瑜伽。在过去的几个月里，还真是非常幸运地得到了这么一个机会，在瑜伽的发源地印度，受业于地道的印度瑜伽教练。

就像武林功夫分成少林、武当各种门派一样，瑜伽也有很多门派。我经过跟印度朋友的探讨，了解到瑜伽在印度的流行程度，也大致跟国内的武术、功夫类似。在外国人看来，好像咱们中国人个个都会功夫，个个都身怀武术，但实际情况并不是这样。瑜伽在印度亦然。

我们的两任教练都来自"哈达瑜伽"（Hatha Yoga）一派。据说这一派瑜伽，在目前国内的瑜伽练习者中间比较流行，主要目的是通过练习，使人体脊柱、关节和韧带等得到锻炼，改善各系统功能。

不过，这个派别的要旨在哪里，与其他派别的区别在哪里，教练并没有详细说过。我们倒是问了，可教练并不详细解释。倒不是语言沟通有障碍，而是在印度开馆教学的瑜伽教练，自古就是从来不解释什么的，要让练习者自己去"体悟"。在后来的练习中，教练甚至都不做示范动作，而让我们根据他的口述去练习，但他会进行必要的纠正。因为"动作什么也不是"（Asana is nothing），他从六岁开始练习瑜伽，他的教练就是这样的。

还没有正式上课之前，我们就被要求，在每次练习之前的一个小时，不要喝水、吃东西。练习结束之后的十分钟之内，也不要喝水，40分钟之后才可以吃一些清淡的食物。头一个星期的练习，在我们大家看来没什么奇怪的，我们只是在教练的带领下做一些活动和放松关节的练习，有站姿的、坐姿的、还有卧姿的。每一种练习之后，紧跟着就有相应姿势的放松，一个多小时下来，谁也不感觉累。

从第二个星期开始，我们才明白，真正的瑜伽还没有开始呢。教练说，如果不

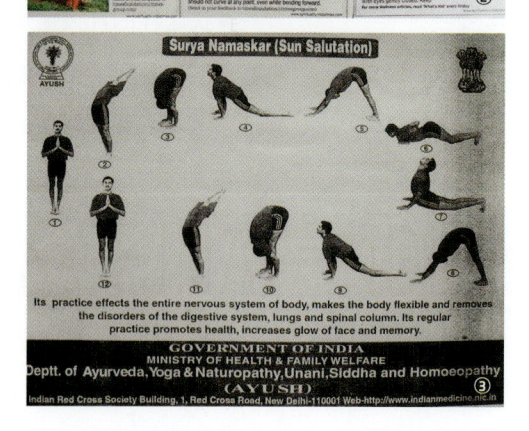

①②印度报纸上经常刊登指导练习瑜珈的文章。
③印度政府散发的介绍瑜伽的宣传画。印度联邦政府卫生和家庭福利部内设一个局，主管除西医对抗疗法之外印度所特有的一些医疗方法，如瑜伽和物理疗法、顺势疗法等相关事务。

加上呼吸的练习，我们所做的不过是体操动作。瑜伽的呼吸跟我们平常的呼吸不一样，平常我们是用肺部来呼吸的，而练习瑜伽时必须用腹部来呼吸。我们的肚腹应该像一只气球，吸气的时候腹部鼓起，呼气的时候腹部收紧。吸气和呼气必须保持 1∶2 的比例，也就是，吸一下，呼两下，而且必须紧闭双唇，完全用鼻子呼吸，不能出声。一般的规律是，当我们所做的是一个伸展身体的动作时要吸气，而收缩自己的身体时要呼气。呼吸之上，再加上冥想，才是真正的瑜伽。所谓冥想，按我的理解，入门阶段大概就是集中精力，什么都不想吧。也正因为如此，动作才是最不重要的。

道理一听就明白了，但是真要做起来，还真不容易。接下来的练习，因为加上了呼吸，难度越来越大了。按照教练的观点，初学者的动作不一定到位、规范，特别是不能超出个人身体所能承受的极限，但要领一定要清楚，架势一定要摆出来，呼吸一定要正确。这样经过坚持不懈地练习，动作就会越来越到位，越来越漂亮。

我们学习了两种最基本的呼吸练习、一套完整的动作和一些基本的瑜伽动作。一套呼吸练习的名字叫作前脑洁净呼吸练习（Frontal Brain Cleansing Breath），一套呼吸练习的名字叫作交换鼻孔呼吸练习（Alternate Nostril Breathing），一套完整的动作练习的名字叫"向太阳致敬"（Sun Salutation）。都是看起来容易、听起来不难、但做起来很吃力的练习。我有一天在图书馆里无意中翻到一本 2005 年第 1 期《自我保健》杂志，中间的第 32～33 页就有关于"向太阳致敬"的图文介绍。也许是我看到的只是连续介绍中间的一篇，里面只有动作要领的介绍，没有呼吸的要求，按我现在所掌握的关于瑜伽的知识，那不算瑜伽，而是体操。

教练在指导和带领我们练习的时候，还特别灌输了练习瑜伽的一些理念。他是断断续续、不连贯地说的，大概有以下几个要点：

一是瑜伽练习者必须心怀感激和敬畏。感激和敬畏我们的生命，感激和敬畏大自然给予人类的一切，祈祷世界的和平和安宁。每次在正式开始练习和练习正式结束之前，教练都会带领学员祈祷。这是程式，更是仪式。在教练看来，即使祈祷所发出的声音，也是一种能量和能量的转换。只是我们的两任教练都没能把他们念念有词的印地语的祈祷文教会我们，我们只学会了起始的呼词和结束语。教练告诉我们，这个起始的呼词"乌姆"（Om）是人类发出的最原始的声音，不需要翻译，它对人的神经系统具有强大的作用并能转换成巨大的身体的能量；而结束语"乌姆，和平，和平，和平（Om, Shantih, Shantih, Shantih）"内含了三层意思，是对天地宇宙和平安宁的祈祷，是对人的灵魂平和安宁的祈祷，是对人的身体健康安宁的祈祷，这些都是瑜伽的精髓。

二是瑜伽练习者必须通过练习来提升自己的生活方式。根据瑜伽理论，生活方式有高低之分，良好的生活方式能使人的身体内外保持平衡，而在生活方式当中，饮食是比较重要的方面。瑜伽练习者虽然不会被要求一定要成为素食者，但新鲜蔬菜、豆类和水果等天然食物得到推崇，肉类、烟酒等则被认为会给身体带进大量毒素，影响健康和心智的健全。我们的教练很"形象地解释"：你如果食用动物肉类，例如猪肉，那么猪身上的一些东西，像猪的贪婪、进攻性等，可能就会慢慢地在你毫无知觉的情况下进入并影响你的身体和思想。因此，当一位瑜伽练习者的练习越来越精进的时候，他就会对身体所发出的信息越来越敏感，对身心健康的要求越来越重视，他就会自然而然地摒弃一些毫无益处的生活方式。

三是瑜伽练习者必须通过练习来提高个人的品质和修养。瑜伽练习要达到较好的效果，必须持之以恒，而且必须集中注意力，加强纪律性。瑜伽练习虽然被安排在了下班时间，但在练习的过程中，我们还是会不时地接听手机，甚至因为有活动而不得不缺席几次练习，迟到、早退的事情也经常发生。我们的两任教练都对此提出了"严肃批评"。因为有一些不懂外语的同事家人也参加了练习，教练又不做示范动作，我们在练习中不得不经常翻译和交流，教练对此也不满意，只允许我们说几句最必要的话，还一再强调，每个人都必须集中精力，完全关注自己的练习，不能在课堂上交头接耳，更不能左顾右盼，这样做是不安全的，可能对身体造成损害。瑜伽是不带任何竞争性的运动，每个人的身体状态不同，任何时候都不应同别人比试，任何时候都必须量力而行。

那么，如此"正宗"的瑜伽练习，效果如何？减肥了？睡觉好了？某种慢性病改善了？……

因为我练习的时间太短了，还没有从身体和心智上看出明显的效果。但对我而言，在印度学习瑜伽，经历比结果更重要。

后记

果然世事几沧桑

1982年，我考入北京大学国际政治系。那个时候，学校的对外交流还不像现在这样司空见惯，差不多一个学期以后，我们才有了第一次到现场聆听外国政治家演讲的机会。这位外国政治家，就是印度共产党（马克思主义）总书记南布迪里巴德。同学们都很兴奋，终于有机会开开眼了。只不过，那时的我们都还是懵懵懂懂的大学新生，南布迪里巴德到底是何许人也，我们不甚了解，他讲了些什么，当时便是不知所云，现在更是一点点都记不起来了，唯一记住的，是他那个长长的拗口的名字和女译员说到这个名字时拐来拐去的英文发音。

白驹过隙，岁月悠悠，无论如何也没有想到，二十多年后，我会在毫无学术准备和工作经历的情况下到印度去工作，会在南布迪里巴德的故乡结交他的同胞，认识他的国家，这个在中国古代被称为"身毒""天竺"的国家，这个因为唐僧取经和《西游记》而妇孺皆知的国家。

那么，今日印度到底是一个什么样的国家呢？老实说，我没有搞清楚，甚至常常被弄糊涂了。

记得，刚到印度工作不久，便有机会出差到加尔各答，参观了泰戈尔的故居。回来之后，总想写点什么，但却一直无从下笔。我想，可能是我读的书太少，应该多读点泰戈尔的作品，这样才不会言之无物。还应该多读点泰戈尔的传记，这样才能了解一个全面真实立体的泰戈尔。

两年过去了，维多利亚纪念馆里关于泰戈尔祖父资助印度最早的三个海外留学生的展板、泰戈尔故居两层小楼里他的书房、课堂、卧室、厨房、餐厅，甚至他最后离世时的房间，还有他亲笔创作的大量绘画作品仍然历历在目，泰戈尔生前用孟加拉语自弹自唱的旋律仍然萦回在耳边，他两次访问中国时所遇到的正、反两个极端的评论我已经略知一二，《吉檀迦利》的英文版和中文版我都已经快全背出来了，在德里能找到的泰戈尔的作品和传记我都读过了……可是，我的脑子里仍然拼不出一个清晰的泰戈尔的形象来。

作为世界文学巨匠，泰戈尔在六十多年的创作生涯中，留下了五十多部诗集、十多篇中长篇小说、一百多篇短篇小说、二十多部戏剧、近2000幅画作，还有大量的文学、哲学和政论文章，甚至大量的歌曲。如果没有好好地阅读这些原著，怎么敢胡乱开口妄加评论呢！

这也是我对印度这个国家不敢多说的重要原因。

马克·吐温曾经感慨道："对印度的任何评价都是正确的，但是相反的观点可能也是正确的，因为它太复杂了。"沧海桑田，斗转星移，马克·吐温的话至今还是很有道理的。

近几年，印度政府大力发展旅游业，到处宣传"Incredible India"，其中文的官方译法是"令人赞叹的印度"。查查英汉字典，"incredible"的标准译法是"不可相信的，难以置信的；[口]不可思议的，未必可能的，惊人的"。假如让我来翻译"Incredible India"，以我在印度工作的经历，我一定会选择"不可思议的印度"。

印度，真是一个不可思议的国家。
它能使人心神怡悦，
它的彩色光辉动人。

（《罗摩衍那·美妙篇》5.7.25，季羡林译）

感谢生活，感谢工作，感谢所有我爱的人和爱我的人。

在恒河中沐浴祈祷的印度人

朝霞映在恒河岸边

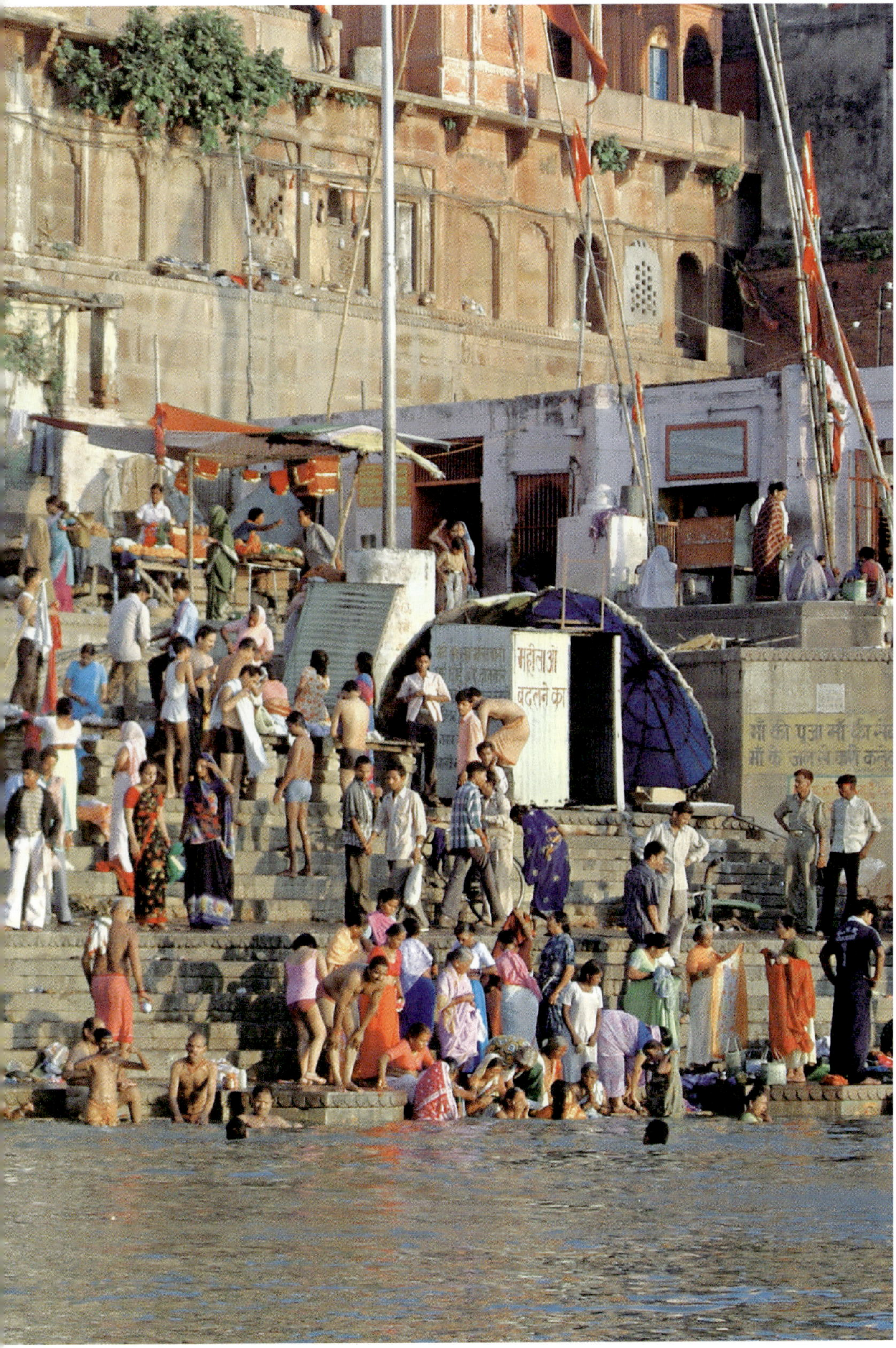
महीलाओं
बदलने का
माँ की पूजा

苦行僧——坐在寺庙里的印度圣人

在克什米尔门玩耍的印度男孩

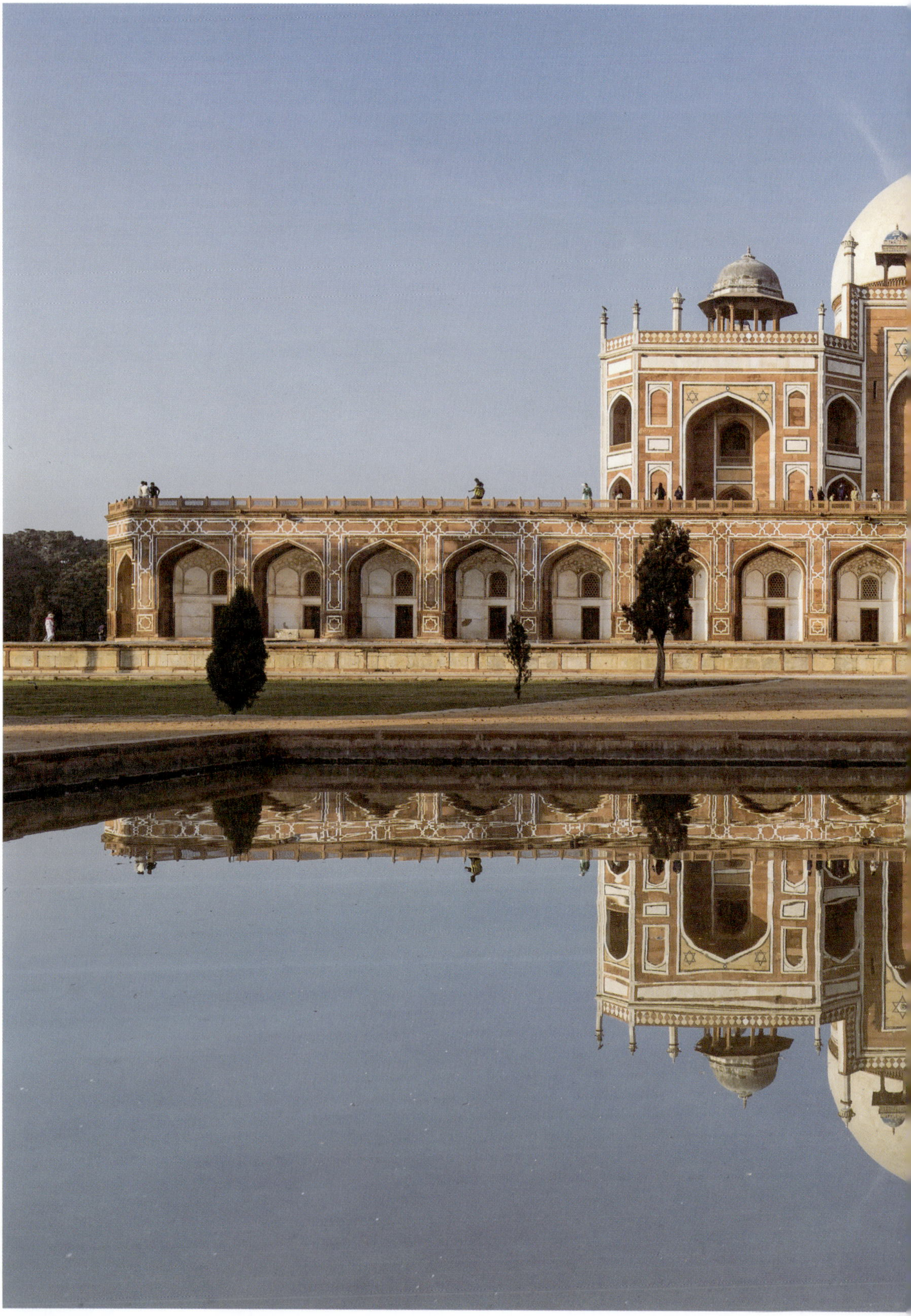

胡马雍陵

埃罗拉石窟凯拉萨神庙一角

令人眼花缭乱的卡久拉霍寺庙细节雕饰

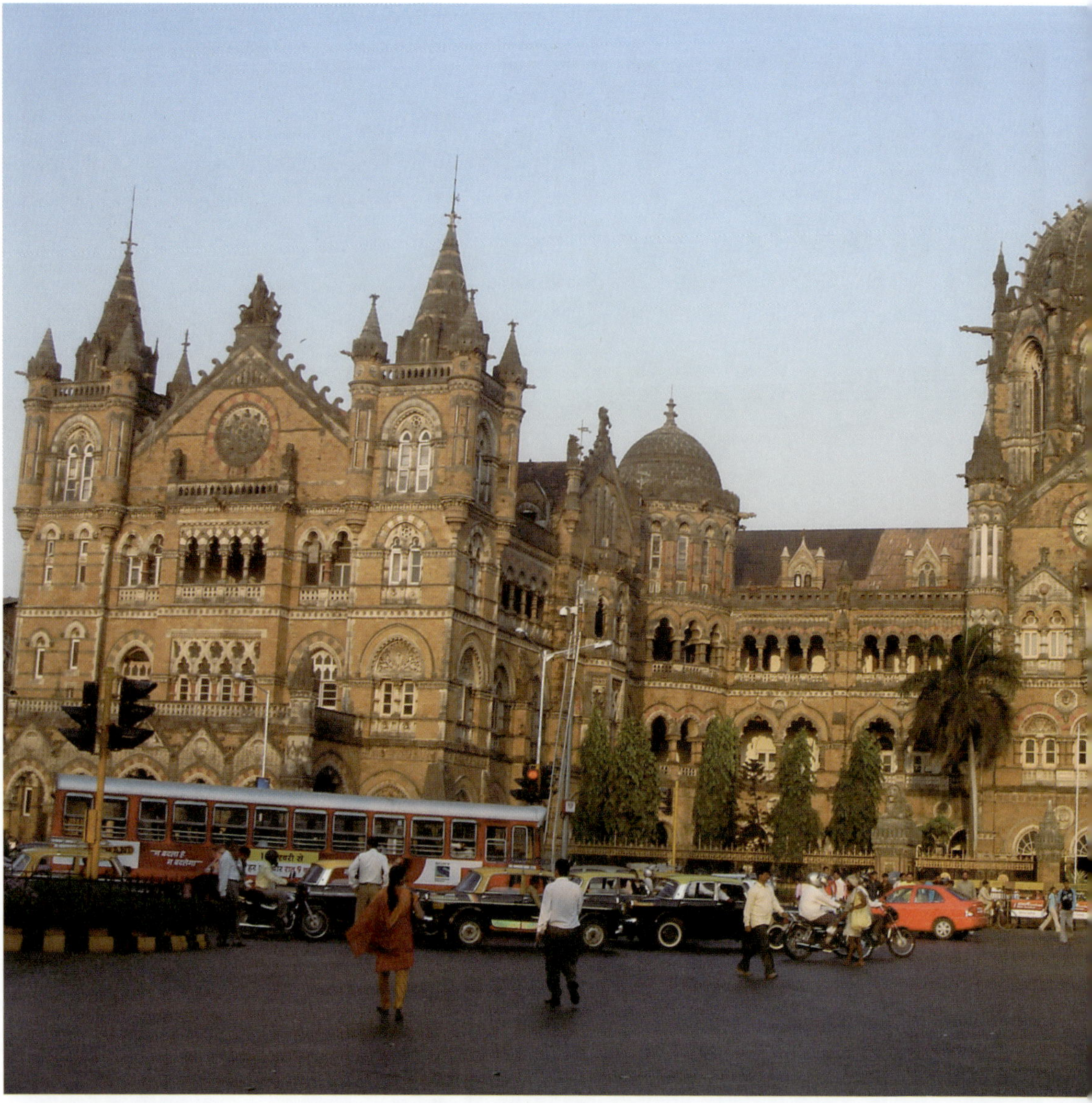

孟买火车站